KB127398

숲토리텔링
만들기

숲토리텔링 만들기

2020년 4월 1일 인쇄
2020년 4월 7일 발행

지은이 | 김서정
펴낸이 | 김영호
펴낸곳 | 도서출판 동연
등   록 | 제1-1383호(1992년 6월 12일)
주   소 | 서울시 마포구 월드컵로 163-3
전   화 | (02) 335-2630
팩   스 | (02) 335-2640
이메일 | yh4321@gmail.com

Copyright ⓒ 김서정, 2020

이 책은 저작권법에 따라 보호받는 저작물이므로, 무단 전재와 복제를 금합니다.
잘못된 책은 바꾸어 드립니다.
책값은 뒤표지에 있습니다.

ISBN 978-89-6447-566-9 03800

숲토리텔링 만들기

forest+
story+
telling

'종로의 아름다운 나무를 찾아서' 함께 나서는
도시 숲해설 길라잡이

김서정
지 음

동연

스토리텔링의 핵심은
'나'란 사람, '너'란 사람 그리고 '삶'

이 책은 숲해설가 자격증을 받은 뒤 그 어디에서든 곧바로 숲해설을 하는 데 도움이 될 수 있도록 구성했습니다. 즉 숲에 대한 전문지식이 부족하더라도 일단 숲해설 현장에서 부딪히며 해나갈 수 있는 기초 역량 및 기술 쌓기에 주안점을 두었습니다. 그렇더라도 평이한 숲해설로 경험을 축적해 나가기 위한 발판 마련은 아닙니다. 도심 속 나무, 수목원, 자연휴양림, 교육기관 등 그 어디에서 하더라도 그 어디에서도 들을 수 없는 자기 자신만의 해설 스토리텔링 만들기가 핵심이기 때문입니다.

이 책을 쓰게 된 과정을 간략히 말씀드리겠습니다.

20대에 소설가가 된 뒤 오랫동안 출판 일을 하던 저는 40대부터 프리랜서 편집자이자 작가로 살아왔습니다. 그 길에서 우연인 듯 필연인 듯 서대문형무소와 한양도성을 해설하는 문화해설가가 되었습니다.

10여 년간 활동하면서 가장 갈급했던 것은 해설에 재미있고 유익하고 감동이 있는 스토리(story)를 입히는 작업이었습니다. 이때 어렴풋이 감지했던 스토리텔링의 핵심은 굴곡 있는 사람을 등장시키는 것입니다. 즉 사물을 변조하고 사건을 만드는 사람에 대한 이야기 없이는 그 어떤 내용도 흥미를 당기지 못한다는 걸 알게 됐습니다. 문화해설은 야외에서 이루어지기 때문에 이 점은 특별히 더 강조될 수 있었습니다.

고민의 윤곽이 잡힐 듯 말 듯 하던 중 숲해설가가 되었습니다. 자격증을 받자마자 운 좋게도 숲해설할 기회가 왔습니다. 그런데 수목원이나 자연휴양림이 아닌 도심 속 나무 해설이었습니다. 프로그램 타이틀은 종로구가 선정한 '아름다운 나무'를 연결점으로 그 공간에 담긴 역사와 나무를 해설하는 '종로의 아름다운 나무를 찾아서'였습니다. 도시의 나무를 통해 숲과 친근해지면서 지속 가능한 지구를 모색해 보자는 '사단법인 산림문화콘텐츠연구소'의 기획에 따른 숲해설 프로그램입니다. 종로구에서 성공하면 전국 그 어느 곳에서도 진행될 가능성이 높았기 때문에 종로구를 첫 시작점으로 잡은 것입니다.

막상 현장에 투입되고 난 뒤 문제가 생겼습니다. 역사를 해설할 때는 문화해설 경력이 큰 도움이 되었지만, 나무를 해설할 때는 난감했습니다. 그래서 책을 중심으로 머릿속에 담아 가며 해설을 했습니다. 어려움이 생기면 그때마다 나타나는 수호천사 같은 고수 선배님들의 말을 적극 경청하며 풀어나갔습니다.

2019년 마지막 숲해설을 위해 백악산을 넘을 때입니다. 한 참가자께서 제게 이렇게 말씀하시더군요.

"선생님은 쿡 찌르면 뭔가가 계속 나올 것 같아요."

"무슨 말씀이죠?"

"이런 이야기가 쭉 나올 것 같은데 갑자기 다른 이야기가 나와요. 그래서 더 흥미로워요."

이 말을 오랫동안 생각하며 제 해설의 특징을 통찰해 볼 수 있었습니다. 거기에는 소통이 있었습니다. 제가 준비한 이야기도 있지만, 제 질문에 대해 참가자들이 답하시면 그 내용을 중심으로 전개를 바꾸어 나가기도 했던 것이었습니다. 그렇지만 기본 틀은 깨지 않았습니다. 그 공간에서 꼭 필요한 스토리텔링을 마련해 갔기 때문입니다.

숲해설 세계에서는 극히 짧은 경험이지만, 이 책을 쓰게 된 결정적 이유는 참가자들이 저에게 하신 말씀 때문입니다.

"나무만 이야기하면 재미가 덜했을 텐데 역사와 인문, 예술이 접목되니까 시간 가는 줄 몰랐어요."

여기에 덧붙일 수 있는 말이 참가자들의 이야기를 해설에 들여놓았다는 점입니다. 즉 제 생각 중심으로 해설을 끌어가는 것이 아니라 참가자들의 생각과 제 생각이 접점을 이루며 만들어 내는 새로운 발견들을 적극 수용하려는 노력을 기울였습니다.

그럼 저는 어떤 노력들을 했을까요? 주제를 정했고, 질문을 준비해 갔으며, 질문에 따른 답변을 놓치지 않고 기억하면서 순간 스토리를 재구성했고, 두 시간 남짓 나온 이야기들을 갈무리해 해설을 마무리했습니다. 조금 거창하게 말하면, 소통을 통해 집단 지성의 힘을 공유했다고나 할까요.

소통을 중심에 놓는 해설이 되면 자신이 특별히 무얼 많이 안다는 점은 그다지 중요치 않게 됩니다. '나'란 사람, '너'란 사람이 잠시 인연이 되어 즐거운 시간을 가지면 그 해설은 여운이 남는 기억 공간으로 흘러갑니다. 그 과정에서 눈에 들어온 건물과 나무, 귀에 들려온 스토리, 서로가 쏟아낸 말들이 한데 묶이면서 전에 없던 새로운 '삶'이 모두의 감각세포에 깊이 새겨집니다.

이 책에는 제 경험 중심의 기술(記述)에 저마다 역량을 쌓을 수 있는 주문 사항을 마련해 놓았습니다. 따라서 숲해설을 하든, 문화해설을 하든, 어떤 프로그램을 운영하든 자기 자신만의 '해설 스토리텔링'을 만드는 데 도움이 될 것입니다.

덧붙인다면 해설 중심에 '나'가 있다는 점, 그 '나'가 '너'와 '연결의 그물망'을 통해 '관계의 가닥'을 맺고 있다는 점만 명심하면 됩니다. 그 '너'에는 사람도 있고, 나무나 문화재 등 사물도 있으며,

눈앞에 보이지 않는 사건도 있습니다. 그 모두를 아우르는 우주도 있겠죠. 이 모든 것이 거대하고도 미세한 이야기로 흘러갑니다. 즉 우리의 삶 자체가, 우주 자체가 이야기입니다. 그 이야기를 만드는 스토리텔링도, 그 스토리텔링을 현장에 토해내는 스토리텔러도 바로 '나'입니다.

《식물변태론》의 작가 괴테는 자서전《시와 진실》1장을 이렇게 시작합니다.

【1749년 8월 28일, 정오 12시의 종소리와 함께 나는 마인 강가 프랑크푸르트에서 태어났다. 별자리는 서상을 나타내고 있었고, 태양은 처녀궁에 자리하고서 그 날의 최고점에 달해 있었다. 목성과 금성은 호의를 갖고, 수성도 반감은 품지 않은 채 태양을 바라보고 있었다. 토성과 화성은 무관심한 태도를 취하고 있었다.】

현실적으로 성립할 수 없는 진술(陳述)들입니다. 하지만 이 문장을 우리는 염두에 두어야 합니다. 괴테는 시종일관 겸허하면서도 세상이 자기중심으로 일관한다는 것을 절대 잊지 않았습니다. 그렇기에 위대한 이야기를 만들어낼 수 있었던 것입니다.

누군가 앞에서 무엇인가를 해설하거나 스토리텔링을 해야 하는 분들, 이 책이 든든한 벗이 되기를 바랍니다. 특히 숲해설가에 초점을 맞춘 책인 만큼 숲 활동을 하시는 모든 분에게 더 깊은 관심을 바랍니다. 덧붙여 이 책에 '종로의 아름다운 나무를 찾아서'

모든 해설 내용을 담지는 못했습니다. 숲해설을 하려고 준비했던 자료를 다 실으려면 분량이 어마어마하기 때문입니다. 그래도 맥이 있는 흐름과 주요 내용을 정리했습니다. 저의 숲해설 경력은 짧지만 자기만의 숲해설을 구성하려는 분들께 한 걸음 내딛을 수 있는 도움이 되기를 바랍니다.

2020년 봄, 김서정

제1강
———

주제는
인식이다

4월 코스 해설 포인트
주제: 랜드마크

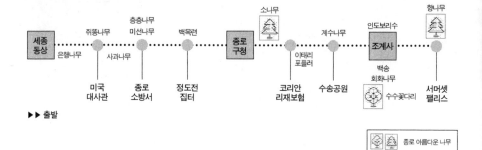

▶▶ 출발

종로 아름다운 나무

컨셉을
잡아라

숲해설가 양성기관인 산림문화콘텐츠연구소에서 교재로 쓰는 《숲해설가 전문과정》 책자를 보면, 프리만 틸든(Freeman Tilden) 이 언급한 해설의 6가지 원칙이 나온다.

【1. 해설은 방문객의 개성이나 경험과 관련되어야 한다 : 방문 객이 가장 관심을 가지는 것을 활용해야 한다. 이를 위해 해설 프로그램을 시작하기 전에 방문객과의 대화를 통해 그들이 관 심을 가지고 있는 내용을 해설 프로그램과 연관시키도록 해야 한다.

2. 해설은 정보 그 자체가 아니라 정보에 근거를 둔 경험적 사 실이다 : 해설은 정보와 지식의 제공을 통해 감성에 영향을 미

쳐 방문객의 행동 변화를 유도해야 한다.

3. 해설은 과학, 역사나 건축 등을 소재로 한 예술을 접목시킨 종합예술이다 : 예술 역시 다양한 교육적 요소를 포함하고 있다.

4. 해설의 목표는 가르치는 것이 아니라 방문객에게 자극을 주어 스스로 깨닫게 하는 것이다 : 해설을 통해 자연을 이해하고, 이해를 통해 자연의 가치를 평가하고, 평가를 통해 자연을 보호할 수 있다.

5. 해설은 부분보다는 전체를 전달해야 한다 : 해설은 대상물 각각에 초점을 맞추어야 할 것이나 그 대상물이 전체적인 맥락 안에서 갖고 있는 위상 및 가치와 더불어 전달되어야 하며, 특정인을 대상으로 하는 것이 아니라 전체의 사람들을 대상으로 정보를 전달해야 한다.

6. 어린이를 위한 해설은 성인 대상의 해설과 구별되어야 한다 : 성인 대상 해설 프로그램을 쉽게 표현하는 것이 어린이 해설 프로그램이 아니며, 어린이의 특성에 기초하여 근본적으로 다른 접근을 해야 한다. 따라서 어린이와 성인을 위한 별도의 해설 프로그램을 준비하는 것이 바람직하다.】

이 말만 몸에 배게 하면 더 이상 무슨 공부가 필요할까? 그러면서 궁금증이 일어 위 내용이 들어 있는 틸든의 《숲 자연 문화유산 해설》을 완독해 보았다. 해설 바이블로 불릴 만한 요소를 갖추고 있었다. 풍부한 경험이 그것을 증명했다.

여기서 내 책의 실마리가 풀렸다. 해설에 대한 틸든의 정의는 그만의 아포리즘이고, 초보 숲해설가에게 필요한 덕목은 경험을 쌓기 전에 가져야 할 자신감이었다. 부족한 지식, 헷갈리는 정보, 남 앞에 서야 하는 두려움 등이 복합적으로 밀려와 자신감 결핍이라는 현상을 낳게 되면 숲해설은 요원할 뿐이다. 이를 극복하지 않고서는 한 걸음도 앞으로 나아갈 수 없다.

그렇다면 자신감 확보는 어떻게 가능한가? 한 사람의 인생에서 오는 거라고 말하면 너무 뻔하다. 체크해야 할 사항이 부지기수다. 다른 묘안은 없는가? 수치심 따위는 파묻고 일단 현장에 서겠다는 야심 찬 각오를 하고는 그 장소를 답사하면서 사전 준비를 철저히 해본다. 무엇을 어느 정도 인지하고 있는지 자기 자신의 인식 상태를 체크한다. 즉 내가 무얼 알고, 무얼 모르는지 알아야 한다. 내가 무엇을 말할 수 있고, 무엇을 말할 수 없는지 파악해야 한다. 어떻게 해야 할까?

'종로의 아름다운 나무를 찾아서' 연간 진행자로 결정되고 난 뒤 잠시 고민했다. 4월부터 11월까지이지만, 전체를 관통하는 기승전결을 갖추어야 했다. 그 안에서 또 다른 기승전결을 만들어야 했다. 즉 낱낱의 작은 바퀴가 굴러가는 것 같지만 이것이 나중에 거대한 수레를 이끄는 동력이었음을 인지시켜야만 참가자들에게 잊지 못할 한 해가 되지 않을까?

그래서 월별로 공간이 달라 해설 내용도 당연히 다르겠지만 이

공간의 핵심 키워드를 찾아보았다. 그것은 자연 속 도심이었다. 즉 도시를 떠나 숲을 보는 것이 아니라 넓은 의미의 숲에서 도심 속 나무를 보는 게 팩트였다. 물론 이 나무들은 조경이나 공원 조성 등을 위해 옮겨 심어진 것이지만, 나무는 나무였다. 이를 염두에 두고 컨셉을 잡았다.

'나무로 보는 도시.'

그러고는 홍보 문구를 이렇게 썼다.

"오래된 문화유산과 오래 자란 나무를 아우르는 도심 속 인문역사생태 기행에 여러분을 초대합니다."

이어서 월별 제목, 코스, 함께 볼 나무를 정리해 보았다.

■ 4월 : "종로의 탄생, 나무에 새겨진 역사"
- 코스 : 광화문 세종대왕 동상-종로구청-수송공원-조계사-송현동
- 함께 볼 나무 : 향나무, 소나무, 이태리포플러, 회화나무, 백송, 수수꽃다리 등
■ 5월 : "근대로 가는 종로, 자연을 옮기는 도시"
- 코스 : 탑골공원 정문-승동교회-인사동 거리-천도교 회관-운현궁
- 함께 볼 나무 : 뽕나무, 비술나무, 낙우송, 회화나무, 모과나무, 양버즘나무 등

■ 6월 : "권력이 모인 곳, 권력을 상징하는 나무"

- 코스 : 경복궁 주차장 입구-정독도서관-헌법재판소-원서공원

- 함께 볼 나무 : 가죽나무, 회화나무, 수양벚나무, 단풍나무, 등나무, 백송 등

■ 7월 : "궁궐의 우리 나무를 찾아서"

- 코스 : 창경궁 정문-창경궁 숲 탐방-창경궁 식물원

- 함께 볼 나무 : 매자나무, 미선나무, 자작나무, 팥배나무, 히어리 등

■ 8월 : "청정 지역에서 만나는 예술과 나무"

- 코스 : 윤동주 문학관-창의문-백사실계곡-구기동 입구

- 함께 볼 나무 : 목련, 감나무, 오리나무, 닥나무 등

■ 9월 : "과거와 근대가 공존하는 곳, 지켜본 나무"

- 코스 : 역사박물관-경희궁-딜쿠샤-종로도서관-사직단

- 함께 볼 나무 : 팽나무, 가죽나무, 느티나무, 은행나무, 갈참나무, 황철나무 등

■ 10월 : "종로를 굽어보며 생태도시를 꿈꾸며"

- 코스 : 방통대 본관 앞-이화장-낙산공원-마로니에공원

- 함께 볼 나무 : 칠엽수, 개오동나무, 튤립나무, 백송, 음나무, 향나무, 조팝나무 등

여기서 핵심은 두 가지다. '나무를 중심으로 도시 공간에 새로운 시선을 던진다'는 것이고, '이 공간을 구성하는 지구가 지속 가능할 수 있도록 우리가 관심을 가져야 한다'는 것이다. 어떻게 해서 나는 이런 인식을 하게 되었을까? 내가 해설해야 할 공간을 있는 그대로 직시하는 성찰을 했고, 거기에서 나오는 내용들 가운데 내가 무엇을 알고 모르는지, 무엇을 말할 수 있고 말할 수 없는지를 정확히 들여다보려고 했다. 그것은 모두 내가 살아온 삶에서 추론할 수 있는 콘텐츠들이었다.

시공간 인식을
확장해 보자

나는 청와대 뒤 백악산에서 한양도성 문화해설을 오래했다. 해설 초기에 역사 공부를 다시 해볼 필요성을 느꼈다. 이이화의《한국사 이야기》22권 전집을 읽어 나갔다. 반만년의 한국사 흐름을 훑고 나니 조선이 어떤 위치에 있는지 어렴풋이 그림을 그릴 수 있었다. 이후 세부적으로 더 알아야 할 것들은 단면을 잘라 수직으로 파고들었다. 꼬리에 꼬리를 무는 독서는 습관처럼 이어졌다.

해설의 깊이를 느끼지 못하고 같은 말이 반복되는 듯한 지루함을 느끼던 어느 날, 일반 시민이 아닌 비정기 단체 해설을 하게 되었다. 학식이 있는 분들 같아 역사에 인문학을 접목해 보기로 했다. 백악산 해설 시작점인 창의문에서 이렇게 말했다.

"낯선 곳에 오면 두려움에 떱니다. 위치 파악이 안 되었기 때문입니다. 그래서 내가 어디에 서 있는지, 어디로 가는지 알게 되면 마음이 편안해집니다.

그럼 위치 파악부터 해보겠습니다. 축조 당시 그 자리 그대로 있고, 원형을 잘 유지하고 있는 창의문은 경복궁에서 보면 북서쪽에 있습니다. (손으로 북쪽을 가리키며) 그래서 저쪽으로 쭉 가면 북한이 나옵니다. (손으로 백악산 쪽을 가리키며) 그럼 이쪽으로 쭉 가면 어디가 나올까요?"

이미 다녀갔거나 코스를 숙지하고 온 분들은 잠시 뒤 대답을 한다.

"숙정문요."

여기서 나는 '잠시'라는 단어를 썼다. 참가자들은 바로 답을 하고 싶지만 이 상황에서 그게 아닐 수도 있다는 석연찮음 때문에 잠시 뜸을 들인다. 이어서 이렇게 말했다.

"네. 오늘 우리는 창의문에서 시작해 백악산 정상을 찍고 숙정문을 거쳐 삼청공원까지 갑니다. 그 과정에서 역사를 이야기할 것입니다. 여기에 덧붙여 이곳을 가는 나의 삶, 즉 나는 어디에서 왔다가 어디로 가는지에 대한 성찰의 시간도 있었으면 합니다."

반응이 밝지 않았다. 재밌을 수도 있고 아플 수도 있지만, 역사 이야기나 즐겁게 듣고 가려고 했는데 갑자기 존재론적인 질문을

하니 난감했을 것이다. 결국 나도 준비했던 이야기를 풀지 못했
고, 좀처럼 업데이트가 되지 않는 기존 매뉴얼을 이불 펴듯이 쭉
피며 해설을 마무리했다.

그 뒤 문화해설을 해나가기는 했는데, 내 삶에 큰 도움이 되지
못하는 것 같았다. 내 위치, 즉 '나는 누구이고, 어디에서 왔다가
어디로 가는지'에 대한 질문을 깊게 하는데 별반 영향을 끼치지
못했다는 것이다. 그렇지만 이 활동에서 하나만은 건졌다. 그것은
확장된 시공간 개념이었다.

《왜 주인공은 모두 길을 떠날까?》에 나오는 글을 보자.

【이야기(서사敍事, 스토리story)를 이루는 가장 기본적인 요소는
무엇일까요? 그건 아무래도 '사건'이라고 할 수 있습니다. 무언
가 사건이 일어나야 이야기가 성립될 수 있을 테니까요. 문제
는 어떤 사건이 이야기로서 힘을 낼 수 있는가 하는 점입니다.
잘 생각해보면 이야기는 사건만으로 구성되지 않아요. 시간이
나 공간이 주어져 있어야 하고, 또 행위의 주체가 필요하지요.
그러니까 '인물'과 '사건', '배경'이라는 세 요소가 어울려서 이
야기의 기본 틀을 이루게 됩니다. 거칠게 말하자면, 일정한 배
경 속에서 특정 인물(주체)에 의해 펼쳐지는 모종의 사건을 풀
어내는 담화가 '이야기'라고 할 수 있습니다.】

문화해설이든 숲해설이든 모든 해설이 이야기 풀어놓기라고
볼 때, 대개는 이야기 중심 구성 요소를 사건이라고 본다. 하지만

윗글에서 "시간이나 공간이 주어져 있어야 하고"에 주목해 보면 시선은 달라진다. 즉 흐르는 시간과 팽창하는 공간이 없다면, 사건이 만들어질 수 없다는 말이다. 이는 사건이 시간을 흘러가게 하고, 공간을 넓혀 간다는 말과 같다. 다시 말해 시공간과 사건은 둘이 아니라 전일적(全一的)이란 말로 인식할 수 있다.

어떻게 해서 나는 시공간에 관심을 가지게 되었을까?

백악산을 몇백 번 넘어가는 동안 시간을 자주 거슬러 올라갔다. 일제강점기, 조선, 고려, 신라, 백제, 고구려, 고조선 순이었다. 더불어 중국과 일본을 비롯한 아시아 역사도 시대 순으로 알아야 했다. 결국은 서양사까지 맞추어야만 했다.

공간 사유도 역시 거슬러 올라갈 수밖에 없었다. 지금의 서울은 오래전 서울과 완전 다른 모습이기 때문이었다. 고층 건물이 아니라 단층 건물, 시멘트와 철이 아닌 목재나 흙, 넓은 도로가 아닌 좁은 길 등등에 대한 느낌을 구체적으로 가져야 했다.

숲해설가 전문과정을 교육받으면서 시공간 개념이 바뀌어 나가기 시작했다. 문화해설을 하면서 내가 가진 지식은 그야말로 역사에 국한되었다. 인류가 등장하기 전인 선사에 대한 지식은 지극히 부족했다는 것을 인지했다. 즉 '내가 어디서 왔고, 어디로 가는지'에 대한 인문학적 성찰을 생물학적 지식에 결부시키지 못했다는 것이 개탄스러웠다.

"상어, 나무, 사람 중 어느 것이 먼저 지구에 나왔을까요? 순서

대로 말씀해 보세요."

숲해설 현장에서 자주 던지는 질문인데,《매혹하는 식물의 뇌》 뒤표지에 있는 다음과 같은 추천평을 보고 나서다.

【나무와 상어 중에 어느 것이 먼저 생겼느냐고 물으면, 열에 아홉은 나무라고 대답한다. 사실은 반대다. 상어는 4억 년 전에 생겼지만 나무는 3억 5천만 년 전에야 생겨났다. 식물은 수많은 공생의 결과다. 찰스 다윈의 업적은 식물을 체계적인 생명의 반열로 올려놓은 데서 시작했다. 식물을 알지 않고서는 생명을 이해했다고 할 수 없다. — 이정모(서울시립과학관장)】

왜 나는 이런 이야기에 관심을 가지게 되었을까? 사람 이전에 나무와 상어가 있었다는 사실에 충격을 받았기 때문이다. 즉 사람 종(種)에 속하는 내가 어디서 왔는지 제대로 알려면 사람 이전의 세상에 대해서도 정확한 지식을 가져야 한다는 생각에 다다랐다는 것이다. 물론《코스모스》나《최무영 교수의 물리학 강의》등을 통해 우주 역사에 대한 지식이 있었다고 하지만, 그게 나의 삶과 직접적인 연결점을 가지고 있다는 인식에는 미치지 못했다.

1백 년도 못 사는 수명을 가지고 억이라는 그 긴 세월을 느끼기란 쉽지 않다. 현재에서 거스르고 거스르고 거슬러 137억 년이라는 빅뱅까지 인식을 확장해 본다는 것은 주제넘은 행위로까지 여겨질 수 있다. 어쩌면 이것도 가설이라는 가정에서 자유로울 수 없는데, 천체망원경 한 번 들여다보지 못한 내가 물리 법칙 하나온전히 이해하지 못하는 내가 이를 어찌 가늠해 볼 수 있다는 말인가? 그나마 시간은 숫자라도 있으니 느낌을 가져 볼 수 있는데, 팽창하고 있다는 공간은 또 어떻게 인식해야 한다는 말인가?

하지만 숲해설을 하려면 시공간 개념을 역사에서 선사 아니 우주로 확대해야 한다. 단순히 흥미 차원의 공부가 아니라 내가 지금 서 있는 시공간에서 그 모든 것이 연결되어 사건으로 요동치고 있다는 것을 공유해야 한다. 그 사건의 배경인 시공간에 대해 과학자와 철학자, 종교인들이 인식해낸 전문 내용을 아는 데까지 알아야 한다. 그래야만 그 사건을 만드는 인물들과 사물들이 등장하는 이야기에서 극적인 구성을 뽑아낼 수 있다. 즉 인식이 확장되면 확장될수록 이야기 풀기라고 할 수 있는 해설의 시작과 중간, 끝이 일관된 흐름을 타면서 새로운 주제를 증폭시킬 수 있다는 것이다.

이론에 대한 지식만큼 해설이 성공적으로 행해진다면 얼마나 좋을까? 현실은 그렇지 않다. 해설은 저마다 다른 색깔을 가지고 있는 사람이 하는 것이기 때문이다. 그래서 능력껏 인식을 확장하면 된다는 것이지 모든 영역에서 전문가가 되라는 것은 아니다. 나부터도 그렇게 될 수 없는 것 아닌가?

시공간에 대해 의도적으로 인식 확장을 한 결과 문화해설할 때 늘 보았던 서울에 대한 시선이 바뀌어 있는 것을 알았다. 그것은 고층 빌딩숲을 일군 사람보다 먼저 나온 식물들이 녹색의 아름다운 숲을 이루고 있었을 거라는 원시의 그림이었다.

주제는
바꿀 수 있다

'종로의 아름다운 나무를 찾아서' 4월 해설 공간인 광화문 광장, 종로구청, 수송공원, 조계사, 송현동 일대를 답사하면서 여러 생각을 거듭한 끝에 역사와 자연사에 대한 연결점을 만들어 보기로 했다. 키워드는 탄생이었다. 역사적으로는 종로의 탄생이었고, 자연사적으로는 식물의 탄생이었다.

　가능할까 싶었지만, 그동안 '모든 것은 연결되어 있다'는 생각 아래 무턱대고 연결 글쓰기를 시도해 왔기에 어떻게 하든 접점을 찾아보기 시작했다. 출발은 역시 시공간 개념이었다. 시간은 조선 건국부터 시작하면 되었지만, 문제는 공간이었다. 분명 이곳은 태초에 비어 있었을 것이고, 이후 태양계, 지구, 맨땅, 주거지, 정치 공간 등으로 변했다는 것은 단순한 지형 설명일 뿐이다. 아마 듣는 입장에서 보면 당연한 이야기를 왜 하느냐는 따가운 눈치를 줄 수도 있었다.

　이를 엮어 나가기 위해 새로운 주제를 정하기로 했다. 즉 탄생이라는 컨셉을 효율적으로 전달하기 위한 방편이었다. 다시 말해 처음 주제는 막연하게 탄생이었지만, 이것으로는 재미있는 해설이 되기 어렵다고 판단했다.

내가 정한 4월의 주제는 '랜드마크(landmark)'였다. 구획된 어느 공간을 상징하는 '랜드마크', 이는 '나무로 보는 도시'라는 큰 기승전결 흐름과 조화를 이룰 수 있었다.

광화문 세종대왕 동상 앞에 모인 참가자들에게 4월 코스 개요를 설명하고 나서 곧바로 이렇게 물었다.

"파리의 랜드마크는 개선문인가요? 에펠탑인가요?"

의견이 나뉘었다.

"서울의 랜드마크는 숭례문인가요? 남산 서울타워인가요?"

역시 의견이 나뉘었다.

"도시의 랜드마크는 건물인가요? 나무인가요? 시골의 랜드마크는 건물인가요? 나무인가요?"

참가자들은 그제야 내 의도를 읽을 수 있었다. 이어서 나는 이렇게 말했다.

"인류 역사에서 도시가 급속도로 팽창한 시기는 그리 오래되지 않았습니다. 시골이 고향인 분들은 생각나실 겁니다. 마을 어귀에 늠름하게 서 있는 나무를 보면 마음이 놓이기 시작했다는 것을요."

그러고는 주위를 한 번씩 둘러보게 했다. 강남처럼 고층 빌딩이 즐비하지는 않지만, 나무보다 높이 올라간 건물들이 하늘을 막고 있는 게 잡힌다.

"과거 스카이라인(skyline)은 둥근 나무였습니다. 이제는 사각진 철근 콘크리트 빌딩에 우리의 시선이 머물고 있습니다. 이는 분명 많은 차이를 보여줄 것입니다. 짧은 2시간이지만, 숲속은 아니지만, 나무를 중심으로 걷는 답사는 우리에게 새로운 발견을 줄 것입니다. 마지막 지점에 도착하면 오늘 공간에 새로운 랜드마크를 새기게 될 것입니다."

'랜드마크'라는 큰 주제가 정해졌지만, 이걸 가지고 계속 이야기할 수는 없었다. 포인트별 해설은 역시 거기에 맞춰서 해야 했다. 이것까지 전체 주제에 복무시켜 매뉴얼을 짜면 좋지만, 그러다 보면 너무 부자연스럽고 답답한 면이 생길 수 있다.

'생명의 숲' 교재편찬팀이 지은《숲해설 아카데미》를 보면, '주제'에 대해 이렇게 나와 있다.

【주제는 해설에서 가장 중요하고 중심적인 생각을 말한다. 주제를 활용하여 해설을 구성하면 해설이 조직적이 되고 이해하기 쉬워진다. 일단 주제가 정해지면 모든 해설 요소는 주제를 향해 집중되어야 한다.

'좋은 주제의 조건'

1. 짧고 간결하고 완결된 문장으로 작성하라.

2. 오직 하나의 아이디어만 담기게 하라.

3. 해설의 총체적인 목표를 나타내라.

4. 구체적이어야 한다.

5. 사람들의 관심과 주의를 끌 수 있는 용어를 사용하라.】

이는 전체 주제를 이끌어 가는 부분 요소로 활용하기에 아주 적합한 정의들이다. 문제는 장소를 이동하는 과정에서 새로운 영역들이 나타나는데 이 상이한 요소들을 어떻게 엮어 가느냐 하는 것과, 역시 그 과정에서 숲해설가가 던진 질문에 대한 참가자들의 답을 어떻게 해설에 자연스레 넣어서 새로운 이야기를 만들어 내느냐 하는 것이다.

《글쓰기의 전략》에 나오는 글을 보자.

【레오나르도 다 빈치는 두 개의 사물이나 아이디어가 비록 유사하지 않더라도 인간이 이 둘에 집중하면 반드시 둘 사이에서 연관성을 찾을 수 있다고 주장했다. 그는 교회 종탑에서 울리는 소리와 우물에 돌을 던져 생기는 파동을 관련시켜 소리가 파동으로 이루어진다는 사실을 유추해냈다. 이처럼 사물의 유사한 점과 차이점에 대해 주목하면서 새로운 글감들은 얼마든지 만들어낼 수 있다.】

큰 주제를 이끌어 가는 과정에서 작은 영역들에 대한 해설을 어떻게 해야 하는지, 《숲해설 아카데미》에서 말한 주제와 《글쓰기의 전략》에서 말한 사물의 연관성을 연결해 생각해 보자.

4월의 해설 주제는 랜드마크라고 했다. 광화문 광장은 어떤 부분에서 랜드마크가 될까? 조선 시대는 관공서의 상징이었을 것이고, 지금은 정치 주장의 중심지라고 말할 수 있을 것이다. 광화문 광장은 어떻게 해서 탄생했을까? 민주주의의 발전이다. 그곳을 이루는 구성 요소는 무엇일까? 세종대왕, 이순신 장군, 사연을 갖고 있는 여러 천막들, 그리고 주변의 이름 있는 건물들이다. 이 모든 것을 어떻게 아울러 유사성을 찾아낼 수 있을까? 그래서 굳이 연결시켜 만든 또 다른 주제 문장은 "공간은 변한다"였다.

4월 내내 나는 광화문 광장에서 대략 이런 말을 했던 것 같다. 태조 이성계가 조선을 건국하고, 정도전이《주례》〈고공기〉에 근거해 서울을 계획하고, 육조거리가 조성되고, 종로가 탄생되고, 일제강점기가 되면서 은행나무가 심어지고, 이후 일부가 없어지고, 현재는 소음이 너무 심한 광장이 되었다고 말이다.

광화문 광장을 떠나면서 이 느낌을 어떻게 살려 가야 할까? 그것은 광화문 광장과 은행나무의 연관성을 찾는 것이었다. 랜드마크도 아니었고, 탄생도 아니었고, 앞서 찾은 '공간의 변화'에서 '변화'만을 뽑아 보았다. 그러면서 자연스레 다시 랜드마크도 탄생도 연결할 수 있었다. 즉 모든 것은 연결로 변화된다는 인식을 가지고 있으면 유사성과 차이성이 있는 사물들에서 연관성을 찾아 해설을 이끌어 갈 수 있다.

이 과정에서 절대 잊지 말아야 할 것은 참가자들의 대답을 기억했다가 다음 포인트 혹은 그 어디에선가 반드시 연결시켜 말을 해야 한다는 점이다. 대단한 집중력만이 이를 실행에 옮길 수 있다. 그러다가 주제가 옮겨질 수 있는데, 짧은 순간만이라도 과감

히 옮겨 탄 주제를 이야기 중심에 놓을 필요가 있다. 해설은 철저
한 소통과 상호작용의 시간이기 때문이다.

가치관은
시공간 인식이다

광화문 광장에서 언급한 나무는 은행나무라고 했다. 이 나무에 대
한 해설이 곧바로 이어졌으면 좋다고 판단했다. 이야기의 연결성,
상이한 사물의 연관성, 공간 인지도 높이기 등을 갖추는 것도 필
요했지만, '나무로 보는 도시' 컨셉을 인식시키려면 흔하디흔한 은
행나무 가로수에 대한 전환적 시선이 요구되었다.

나는 미국대사관과 KT 건물 사이에 있는 은행나무를 유심히
보아 두었다. 종로구청으로 가는 길목이기에 이동에 문제도 없었
다. 다만 길가이기에 통행이 잦았고, 그곳에서 늘 정치 주장을 하
는 단체와 역시 그들을 지켜보는 경찰들이 상주해 있어 어수선했
지만, 은행나무 해설은 하고 지나가기로 했다.

그러고 보니 은행나무가 '종로의 아름다운 나무를 찾아서' 첫
해설 나무였던 셈인데, 거기서 나는 긴 진화의 시간을 활용하기로
했다. 그런데 곧바로 과거로 회귀하면 혼돈이 있을 것 같아 습관
처럼 질문으로 시작했다.

"여기 양쪽에 은행나무가 있습니다. 은행나무가 암수 따로 있

다는 것은 대략 아시죠? 그럼 어느 나무가 암나무이고 어느 나무가 수나무인가요?"(여기서 '대략'이라는 말을 쓴 이유는, 처음 나무를 접하신 분들은 나무에 암수가 있다는 것을 모르는 경우도 있기 때문에 배려 차원에서 '대략'이라는 말을 써보았다.)

대략 이런 대답이 나온다.

"은행이 열리면 암나무, 그렇지 않으면 수나무인데, 지금은 봄이라 알 수가 없지 않나요?"

나는 회심의 미소를 지으며 은행나무 암꽃과 수꽃 자료 사진을 보여주고는 두 나무를 다시 관찰하자고 말한다. 내가 본 바로 하나는 암나무, 하나는 수나무였다. 잘 안 보인다는 분들을 위해 에코백에서 망원경을 꺼내 건네주기도 했다. 그러면 잠깐이지만 은행나무를 열심히 보면서 서로가 아는 것, 궁금한 것에 대한 이야기가 쏟아져 나온다.

"살아 있는 화석이에요. 침엽수예요. 은행나무가 왜 가로수로 많을까요? 냄새가 심해 요즘은 안 심어요. 먹을 게 많아 은행을 안 주워가요. 나라 소유라 주워가면 처벌 받아요. 징코민 원료예요. 노란 은행잎이 예뻐요……."

이야기는 수다 한판으로 이어질 기세다. 그 분위기를 살려 준비한 이야기를 꺼낸다.

"은행나무는 1과 1종 1속입니다. 고생대 이첩기인 2억 5천만 년 전부터 지구상에 살아온 은행나무는 당시 15속이었는데, 이제 저 모습을 한 1속만 우리 곁에 남아 있습니다. 그러니 이 공간의 오래전 주인은 이 은행나무라고 말할 수 있습니다."

그러고는 침엽수 잎처럼 갈라진 중생대 쥐라기의 바이에라속 은행나무 잎을 자료 사진으로 보여준다. 참가자들은 눈을 크게 뜨고는 짧은 감탄사를 뿜는다. 보이는 것에서 보이지 않는 시공간 탐험이 겹쳐졌기 때문이다.

《대화의 신》에 나오는 글을 보자.

【연설을 잘하기 위해서 가장 먼저 유의해야 할 점이 무엇인지 분명해진다. 당신이 잘 아는 일에 관해서 말하라는 것이다. 이 점은 너무나 당연해서 말할 필요도 없다고 생각할지 모르지만, 실제로 얼마나 많은 사람들이 이 뻔한 원칙을 지키지 못하는지 한번 생각해보라. 많은 사람들이 별로 잘 알지 못하는 주제를 꺼냈다가 2가지 면에서 위기를 맞는다. 1) 만일 그 주제에 관하여 청중이 당신보다 더 많이 알고 있다면, 그들은 금방 지겨워할 것이다. 2) 당신이 그 주제에 관하여 어딘가 불편하게 여긴다면, 당신의 행동 역시 어색할 수밖에 없다.】

해설가가 염두에 두어야 할 내용이라 옮겨 왔다. 먼저 나는 진화의 흐름은 알지만, 그에 대한 세부적이고 체계적인 지식은 잘 모른다. 찰스 다윈의 《종의 기원》을 비롯해 진화 관련 서적을 열심히 탐독하기는 했지만, 이를 가지고 설득력 있게 말할 만한 주제가 되지 못한다. 그런데도 어떻게 이런 이야기를 과감히 해설에 넣을 수 있었을까?

《모래 군의 열두 달》에 나오는 글을 보자.

【우리는 이제 학의 기원은 저 아득한 시신세(始新世)로 거슬러 올라간다는 것을 알고 있다. 학이 태어난 동물계의 다른 동료들은 이미 역사의 뒤편으로 사라진 지 오래다. 우리가 학의 소리를 들을 때, 우리는 단순히 새 소리를 듣는 것이 아니다. 우리는 진화의 오케스트라에서 트럼펫 소리를 듣는 것이다. 학은 우리의 길들일 수 없는 과거, 곧 새와 인간의 일상사의 바탕과 조건을 형성하는 저 믿을 수 없을 만큼 장구한 세월의 상징이다.

그래서 그들은 살아 있고, 학이라는 그들의 존재는 현재라는 압축된 시간이 아니라 진화적 시간의 폭넓은 영역에 걸쳐 있는 것이다. 매년 되풀이되는 그들의 귀환은 지질학적 시계가 똑딱거리는 소리다. 그들은 자신들이 되돌아오는 곳에 뚜렷한 특성을 부여한다. 여느 장소들의 한없는 평이함과는 달리 학 늪지는 영겁의 세월 동안 축적되어온, 오직 엽총만이 깨뜨릴 수 있는 고생물학적인 독특한 고귀함을 간직하고 있다. 일부 늪에서 느껴지는 비애는, 아마 그 늪에도 과거에는 학이 살았었다는 사실에서 비롯되는 것일지도 모른다. 지금 그 늪들은 볼품없이 역사 속을 부유하고 있다.】

이 책의 저자 알도 레오폴드는 어떻게 이런 상상의 언어를 펼칠 수 있었을까? 윗글에서 다음 문장만 보면 짐작이 갈 수 있다.

"학이라는 그들의 존재는 현재라는 압축된 시간이 아니라 진화적 시간의 폭넓은 영역에 걸쳐 있는 것이다."

내가 은행나무를 보면서 진화의 긴 시간을 짧은 시간에 언급할 수 있었던 추진력은 내 스스로가 이 문제를 늘 껴안고 살았기 때문이다. 그것은 '나는 어디에서 왔고, 어디로 가는가?'를 탐색해 가는 과정에서 비롯된 것이다.

여기서 내 주제를 안다는 것은 이런 것이다. 빅뱅을 기준점으로 시공간이 시작되면서 에너지가 움직이기 시작했고, 그 에너지가 물질을 만들기도 하고 없애기도 하면서 흘러가는 이 거대한 우주의 서사시에 대한 체계적 지식은 내게 분명 없다. 다만 그 흐름에 대한 단 하나의 키워드, 즉 '모든 것은 변한다'는 명제만은 늘 인식하려고 한다. 그 변함에 정답은 없다는 것까지 포함해서 말이다.

이는 천문학자 이시우 박사의 책들을 통해 얻은 바가 가장 큰데, 이를 정리한 문장이 "성주괴공(成住壞空) 생주이멸(生住異滅) 생로병사(生老病死)"이다. 풀어 보면 "우주가 생성되고, 존속되고, 무너지고, 공무(空無)로 되돌아가고(성주괴공), 모든 사물이 생기고, 머물고, 변화하고, 소멸하고(생주이멸), 태어나고, 늙고, 병들어, 죽는다(생로병사)"이다. 이런 인식을 삶에 대한 가치관이라고 할 수 있다.

그런 면에서 볼 때 해설은 지식 전달이라기보다 평소 내 인식이 마련하고 있는 가치관에 대한 진솔한 울림이라고 할 수도 있다. 그 지식이라는 것, 특히 현장에서의 지식 나누기라는 것, 조금만 들여다보면 오십 보 백 보일 확률이 높다. 이를 극복할 단 하나의 변별력은 결국 해설가의 가치관, 그중에서도 시공간에 대한 개념 인식이 크게 좌우한다. 다시 말해 사물을 늘 크고 넓게 보는 시야에서 사물의 본질과 그 사물들의 연결성을 인식해 들어가야 한다. 이 부분에 대한 궁금증을 가지고 노력해 간다면 좋은 해설이 될 거라 확신한다.

인식은 설명이 아니라
해석이다

사람보다 나무가 먼저 나왔다는 자연사적 사실을 은행나무를 통해 해설하고 나면, 그 다음 종로구 선정 아름다운 나무인 소나무까지는 밋밋하게 걸어가야 한다. 그 길에 새로운 시선을 또 던져야 한다. 묵직한 주제가 아니라 발걸음을 가볍게 할 수 있는 내용이면 더욱 좋다. 참가자들의 적극 반응을 이끌어내면 더할 나위 없이 흥에 가득한 분위기를 만들어낼 수 있다.

KT 옆 보도 오른쪽 조경 화단에 알 만한 사람은 아는 쥐똥나무가 울타리를 이루고 있다. 그냥 지나칠 수 없다.

"열매가 쥐똥을 닮았다고 해서 쥐똥나무라고 하는데, 너무 궁

금해 쥐똥을 검색해 보았어요. 저는 본 적이 없거든요. 그런데 약
간 다른 것 같기도 해요."

참가자들이 적극 참여한다.

"나는 쥐똥 봤는데, 닮은 것 같은데요."

"아니에요. 전혀 안 닮았어요. 하얀 꽃이 피는 이 예쁜 나무에
쥐똥나무가 뭐예요. 이름을 바꿔야 해요."

그러면 내가 개입한다.

"북한에서는 열매 색깔과 모양 그대로 해서 '검정알나무'라고
부른답니다."

수긍하는 분도 있고 그렇지 않은 분도 있다. 중요하지 않다. 한
바탕 즐거우면 된다. 이어서 종로소방서 앞에 심어 놓은 사과나무
를 본다. 경북 영주에서 기증한 진짜 사과나무를 보며 신기해한다.

나무 이야기를 했으니 이번에는 역사 이야기 차례다. 교보빌
딩 사이에 있는 종로 대로를 보며 피맛골 이야기를 준비해 보았
다. 양반들의 행차를 피하기 위해서 만든 피맛길이라기보다 고급
관료가 더 많은 일을 하니 교통정리 차원에서 만든 길이라고 봐도
되지 않을까를 시작으로 지하철 공사로 피맛길이 사라진 과정 그
리고 현재의 모습을 가리키며 이렇게 말했다.

"여기서 사라진 것 가운데 가장 안타까운 것은 오래된 맛집의
맛 아닐까요?"

이때부터 해설은 해설이라기보다 잘 아는 사람들이 나누는 대

화의 장이 된다. 해설가는 그저 이 시간을 이끄는 앞서가는 사람일 뿐이다. 길을 알고, 그곳에 무엇이 있는지 먼저 아는 것뿐이다. 《역사 이야기 스토리텔링》에 나오는 글을 보자.

【스토리텔링의 본질은 이야기의 형식에 있는 것이 아니라 스토리텔링을 하고 그것을 수용하는 담화자 사이의 행위에 있다. 다시 말해 스토리텔링은 이야기된 작품을 의미한다기보다는 이야기되는 과정, 이야기하는 행위 자체를 의미한다. 그렇다면 스토리텔링과 담화는 어떤 관계인가?

김기국은 "스토리(story, 이야기)가 담론(discourse)을 거치면 스토리텔링(storytelling, 이야기하기)이 된다"고 말한다. 그에 따르면, 연속된 시간 순으로 되어 있는 이야기가 작가의 담론에 의해 변형되고 조직되어 원래의 시간을 초월해 만들어지면서 플롯(plot)을 지닌 이야기가 되는 것이 곧 스토리텔링이다. 플롯에 의한 스토리의 담론화 과정이 곧 스토리텔링이라는 것이다. 결국 '스토리'와 '스토리텔링'의 차이는 '이야기'와 '이야기하기'의 차이로, 스토리가 서사행위에 사용되는 서사 정보나 소재라면 스토리텔링은 스토리를 사용해 화자가 자신의 메시지를 만들어내는 것이다.】

숲해설과 문화해설의 공통점은 야외 현장에서 이루어진다는 것이다. 서서 들어야 하고, 1시간 이상은 걸어야 한다. 그렇게 볼 때 윗글에서 "스토리텔링은 이야기된 작품을 의미한다기보다는 이야기되는 과정, 이야기하는 행위 자체를 의미한다"와 "플롯에 의한 스토리의 담론화 과정이 곧 스토리텔링이라는 것이다"에 주목할 필요가 있다. 즉 준비한 이야기는 언제든지 변주될 수 있는데, 그 담론화 과정은 바로 참가자들의 반응과 맞물려야 한다. 그래야 야외 활동이 지루하지 않게 된다.

피맛골에서 맛집과 맛을 꺼낸 이유는 이런 연장선상에서 이루어진 것이기도 하지만, 다른 의도도 있었다. 조경 화단에 있는 우리의 토종나무인 미선나무를 보면서 식물주권을 이야기하고 싶었기 때문이었다. 즉 소중한 것은 지켜야 한다는 생각을 미리 환기시킨 것이다.

이후 4월 코스에서 내가 해설한 내용들은 이렇다. 미선나무 옆 층층나무, 종로구청 앞 정도전 집터, 백목련과 별목련, 코리안리재보험 앞에 있는 종로구 아름다운 나무인 소나무(일명 수송목), 수송공원 주변의 이태리포플러와 계수나무, 조계사와 그 안에 있는 회화나무, 백송, 종로구 아름다운 나무인 수수꽃다리, 인도보리수, 서머셋팰리스 앞에 있는 종로구 아름다운 나무인 향나무 등이다. 여기에 해설 내용을 다 적을 수는 없다. 상황에 따라 달라지는 내용들이 많기 때문이다. 공들여 말한 것 하나만 소개한다.

수령이 오래된 이태리포플러 앞에서다. 공동(空洞)이 있어 심재가 썩어 있는 것을 볼 수 있고, 주변에 맹아지가 돋아나 같은 유전자를 가진 이태리포플러가 자라는 모습을 볼 수 있다. 경이롭다. 거기서 나는 이렇게 해설했다.

"숲해설가가 되기 전까지 저는 모든 나무는 같은 모양을 하고 있고, 모든 나뭇잎은 같은 초록색인 줄 알았습니다. 하지만 햇살이 나무에 스며드는 모습을 자세히 보니 위아래가 다 달랐습니다. 이를 잘 표현한 마네와 모네 등 인상파 그림을 다시 보며 그들을 공부했습니다. 역시 예술은 위대했습니다. 편견과 관념으로 사물을 보는 것이 아니라 있는 그대로의 사물을 보는 시선에 대해 배웠습니다. 성균관대 오종우 교수는 《예술수업》에서 이렇게 말했습니다. 예술의 반대말은 무감각이라고 말입니다. 저는 앞으로 나무를 통해 저의 무감각을 깨려고 합니다. 저의 무지를 탈피하려고 합니다. 선생님들도 그랬으면 좋겠습니다. 분명 우리보다 먼저 나온 나무에서 새로운 발견이 이루어질 것입니다."

여기에 덧붙여 나무는 햇빛과 물로만 살아가는 독립영양체이고, 우리는 그 나무가 만든 탄수화물 없이는 살 수 없는 종속영양체라는 것도 말했다. 두 이야기는 내가 나무 공부를 하면서 받은 가장 큰 감동이었기 때문에 힘주어 말했고, 더러는 박수를 받기도 했다.

니체의 《권력 의지》에 나오는 글을 보자.

【인식은 무엇으로 이뤄져 있는가? 사물들에 어떤 의미를 주입하는 것, 즉 '해석'이 인식이며, '설명'은 인식이 아니다.(대다수의 경우를 보면, 거의 이해 불가능하게 되어 단순한 신호에 지나지 않는

옛날의 해석을 새롭게 다시 해석하는 것이다.) 확립된 사실 같은 것은 절대로 없다. 모든 것이 동요하고, 모든 것이 불분명하고 유연하다. 어쨌든, 만물 중에서 가장 오래 지속되는 것은 인간의 의견이다.】

윗글에서 인식은 설명이 아니라 해석이라는 것에 주목해 보자. 해석에는 해석자의 가치관이 들어가 있을 수밖에 없다. 객관적 설명이라는 것은 애초부터 존재할 수 없기 때문이다. 그래서 우리는 어떤 해설을 들을 때 표지판을 읽는 듯한 것보다 해설가의 감정이 얼굴에 확확 드러나는 해설에 전율이 일어나곤 한다. 그런 해설은 어떻게 가능할까? 각자의 삶에서 비롯된다는 것, 그 이상도 그 이하도 나는 말할 수 없다.

제1강 '주제는 인식이다'를 정리해 보자.

인식은 무엇인가를 자각화된 언어로 사물과 연결한다는 것이다. 그 언어가 말이든 글이든 문장 형태로 이어지는 게 이야기이다. 즉 언어에 한계가 있으면 해설이 풍부하지 못하고 건조하다. 언어 인식을 확장하려면 어떻게 해야 할까? 시공간 개념을 넓히고, 그 안에서 나의 삶을 직시해야 한다. 그러면서 부족한 것들을 늘리기 위해 노력해야 한다. 그런 과정에서 주제는 잡히게 되어 있다. 그 주제가 늘 변할 수 있다는 점도 명심해야 한다. 그 주제를 말하는 해설 현장에서의 이야기 전개는 강약이 있어야 한다. 묵직한 담론과 웃을 수 있는 가벼운 내용이 맞물려 가야 한다. 그 이야기를 이끄는 리더는 해설가이지만, 그 이야기를 만드는 주체자들은 참가자 모두이다. 즉 소통하는 해설을 해야 하고, 그 해설의 그림은 거대해야만 한다. 그 안에서 만들어낸 자기만의 디테일이 독특한 울림을 줄 것이다.

의미 부여는
의도에 있다

**5월 코스 해설 포인트
주제: 근대**

뽕나무

탑골
공원

낙우송
비술나무

▶▶ 출발

승동교회

서울
중심점

배롱나무

태화관터

회화나무

백합나무

SK건설

모과나무
감나무

경인
미술관

은행나무

수양
느릅나무

천도교
중앙대교당

양버즘
나무

운현궁

느티나무

종로 아름다운 나무

삶으로 귀결되는
의미 부여

5월 해설 코스는 탑골공원 - 승동교회 - 서울 중심점 - 태화관 - SK
건설 - 경인미술관 - 천도교 중앙대교당 - 운현궁이다. 중점적으로 볼
나무는 낙우송, 뽕나무, 비술나무, 회화나무, 모과나무, 은행나무,
수양느릅나무, 양버즘나무, 느티나무이다.

  무엇을 어떻게 이야기해야 할까? 4월에 홍보를 낸 문구를 다
시 보았다.

  "근대로 가는 종로, 자연을 옮기는 도시."

  그때 왜 이런 문장을 만들었는지 기억을 되살려 보았다. 종로
의 탄생은 조선 시대이고, 탑골공원의 탄생은 근대였기 때문이었
다. 그렇다면 '자연을 옮기는 도시'는 무엇이었을까? 자연이라는

공간을 축소하는 역할을 도시가 떠맡고 있다는 의미였던 것 같다. 그럼 '자연' 개념은 또 어떻게 정의해야 할까?

구체적인 그림 없이 정한 주제였지만, 5월이 다가오면서 준비를 했다. 콘텐츠 확보 과정은 무난했다. 해설 코스에서 '근대'라는 키워드를 계속 집어넣어 의미 부여가 가능한 것들만 뽑아내면 되었다. 이런 작업이 가능할 수 있는 것은 제1강에서 인용한 《모래군의 열두 달》의 "학이라는 그들의 존재는 현재라는 압축된 시간이 아니라 진화적 시간의 폭넓은 영역에 걸쳐 있는 것이다"라는 문장을 잘 이해해 두면 된다. 즉 현재 우리 앞에 펼쳐진 모든 실체적 현상들은 현재에 머물고 있는 모습들이 아니라 과거-현재-미래를 한꺼번에 아우르면서 흘러가고 있다는 것이다. 그래서 일정 단어로 의미를 부여하기 시작하면 현상의 본질이 드러나고 의도대로 연결되면서 맥락을 잡을 수 있다.

《윌리엄 제임스가 한 권으로 간추린 심리학의 원리》에 나오는 글을 보자.

【우리가 듣는 모든 단어들이 같은 언어에 속하고 그 문법적 연결이 익숙하다고 막연히 지각하는 것은 우리가 듣는 것이 감각이라는 점을 인정하는 것이나 마찬가지이다. 그러나 만약에 낯선 외국어 단어가 나오거나 문법이 틀리거나 성격이 다른 어휘가 별안간 나타난다면, 예를 들어서 철학적 논의에 '쥐덫'이나 '배관공의 청구서' 같은 표현이 튀어나온다면, 우리는 그 부

조화에 깜짝 놀랄 것이며, 부드럽던 조화가 완전히 깨어지고 말 것이다. 이런 예들을 보면, 합리성의 느낌은 단지 생각의 술어들 사이에 충격 혹은 부조화의 부재이기 때문에 긍정적이기보다는 오히려 부정적인 것처럼 보인다.

거꾸로, 만약에 단어들이 똑같은 어휘에 속하고 또 문법적 구조가 정확하다면, 전혀 아무런 의미를 지니지 않는 문장도 자신 있게 말해지고 또 별다른 항의를 받지 않고 넘어갈 것이다. 기도 모임에서 오가는 말, 유행어, 삼류작가들, 신문기자들의 기사가 이런 예를 보여준다.]

윗글은 무슨 말일까? 이렇게 해석해 볼 수 있다. 하나의 주제를 말하기 위해서는 주제에 부합하는 단어들의 배열이 이루어져야 한다. 즉 뜬금없는 단어가 나오게 되면 전체 흐름이 끊어질 수 있다. 그것이 감각의 전환을 불러일으키는 자극이 되어 더 큰 환기를 가져온다면 금상첨화겠지만, 이는 실로 어려운 문제다. 일반인의 영역이 아니라 예술가의 영역이 된다. 그래서 자신이 있으면 튀는 해설을 해도 되지만, 그렇지 않으면 평범한 듯 진행하면서 경험을 쌓는 게 중요하다.

탑골공원 정문 오른쪽 종로구 아름다운 나무인 낙우송 앞에서 나는 이렇게 해설을 시작했다.

"우리는 자연에서 태어나 자연으로 돌아간다고 합니다. 맞나요?"

대부분 맞다는 표정을 지으며 고개를 끄덕인다.

"여기에서 말하는 자연은 어디인가요? 과거와 현재로 나누어 생각해 보시면 어떨까 합니다."

대략 두 가지 의견이 나온다.

"흙에서 태어나 흙으로 돌아갑니다."

"병원 수술실에서 태어나 납골당 유골함에 갇힙니다."

이어서 나는 이렇게 말했다.

"5월의 주제는 근대입니다. 근대는 자연에 대한 생각을 바꾸었습니다. 생각하기 나름이지만 숲이라는 자연은 팽창하는 도시에 밀리고 있습니다. 이 모습이 우리 삶의 형태도 바꾸었습니다."

왜 나는 봉건과 근대의 구분 요소를 바로 말하지 않고, 이런 프레임을 만들었을까? 삶을 이야기하기 위해서다. 근대를 지식으로 접근하는 것이 아니라 그것이 만든 새로운 삶의 모습들을 들여다보고 싶어서다. 그 누군가의 근대적 삶이 나와 동떨어져 있는 게 아니라 현재를 사는 내 삶과 끈끈하게 연결되어 있다는 것을 느끼게 하기 위해서다. 그 삶이 근대에 와서 어떻게 변형되었는지를 공유하고 싶어서다.

영국 산업혁명 후유증이 만든 근대 공원의 역사를 말한 다음, 산업화 과정이 없음에도 근대 조건을 갖추기 위해 고종 때 들어선 곳이 탑골공원이라는 이야기를 시작으로 원각사, 북학파, 3.1운동, 이승만 동상과 손병희 동상, 88올림픽, 현재의 탑골공원에 대해 간략히 훑었다. 그러고는 이런 질문을 던졌다.

"지금도 어르신들이 오시기는 하지만 전에 그 많았던 어르신들은 다 어디로 가셨을까요?"

이 질문 역시 우리 주변의 삶을 상기시키려는 의도에서 한 것이지, 그 면면들을 통계를 동원해 정확히 알려는 것은 아니었다. 그것은 삶에 대해 진지하게 성찰할 수 있는 다음 이야기를 하기 위한 사전 멘트였다.

낙우송 앞에서 하는 해설 내용은 거의 비슷하다. 낙우송은 잎이 어긋나고 메타세쿼이아는 잎이 마주나고, 낙우송은 미국산이고 메타세쿼이아는 중국산이고 등등이다. 여기에 덧붙여 이 나무에 근대라는 개념을 덧씌웠다. 즉 고종이 가로수 조성을 시작했는데, 이것이 근대의 또 다른 구성 요소이고, 이 과정에서 외국 나무들이 대거 수입되기 시작했다는 것이다. 이렇게 끝나면 삶을 성찰할 수 없어 고흐의 '별이 빛나는 밤에'를 등장시켰다.

"고흐는 말년에 우울증에 걸려 정신병원 생활을 했습니다. 3층 병동에서 창밖을 보는데 유럽에서 죽음을 상징하는 사이프러스가 보였습니다. 고흐는 땅에서 자라는 나무가 하늘에 닿아 있는 모습을 보면서 땅의 삶과 하늘의 죽음이 둘이 아니라 하나라는 것을 알았습니다. 그 후 고흐는 사이프러스를 계속 그렸습니다. 그러면서 죽음의 공포보다 삶을 다시 느꼈습니다. 아마 사이프러스를 통해 말년에 안식을 취했을지도 모릅니다.

여러 책들을 보면 얼마 전까지 사이프러스를 측백나무로, 삼나무로, 낙우송으로 번역하기도 했습니다. 이제는 그런 일이 벌어지고 있지 않습니다만, 이 낙우송 앞에서 우리는 지금 무엇을 통해 삶과 죽음을 인식하는지 한 번 성찰하고 싶어 이 이야기를 준비했습니다. 사각 진 건물을 통해서만 올려다볼 수 있는 하늘, 분명 근대 이전과 다른 통찰을 우리에게 주고 있을 것입니다."

해설은 지식과 정보 전달이 아니라 자극 주기라는 전통 해설 기법은 아주 유효하다. 그 자극을 위해 전혀 예기치 못한 이야기 준비는 주효한데 그것이 잘 전달되려면 그 바탕은 삶이 되어야 한다. 우리는 우리의 삶을 이해하기 위해 평생을 사는 것이기 때문이다. 그래서 미국 심리학자 윌리엄 제임스의 말대로 언어로 듣는 것은 감각의 과정인데, 이 감각에 대한 자극이 삶을 성찰하는 것이라고 여긴다면 삶과 관련된 그 어떤 이야기도 해설에 부합될 수 있다. 즉 모든 의미 부여의 키워드는 삶이 된다. 그 삶을 들여다보기 위한 현상의 키워드는 공간과 그 공간을 이루는 구성 요소별로 다르지만, 모든 이야기의 출발과 과정, 그리고 마무리는 우리의 삶이 되어야 할 것이다. 이를 늘 자각하고 있으면 감동은 잔잔하게 때로는 크게 일어난다.

《슬픔을 공부하는 슬픔》에 나오는 글을 보자.

【우리는 소설의 3요소를 '주제·구성·문체'라고 배운다. 간단한 이야기다. 목적과 재료와 기술이 있어야 한다는 것. 이 중

재료를 이루는 세 가지를 따로 '구성의 3요소'라 부르는데 흔히 '인물·사건·배경'이라 외운다. 사실 정확한 순서는 '인물·배경·사건'이라야 한다. 특정 타입의 인물이 특정 배경 속에 던져질 때 특정 사건이 발생하는 게 소설이라는 세계다. 김승옥의 《무진기행》을 예로 들자면, 하필 윤희중 같은 타입의 인물이 하필 무진이라는 공간에 던져졌기 때문에 하필 그와 같은 연애 사건이 발생하는 것이다. 즉, 인물은 모든 이야기의 출발점이다.】

이처럼 인물 즉 사람이 만들어 가는 삶에 대한 이야기 없이 전개되는 이야기는 아무런 의미가 없는 공허한 메아리일 뿐이다.

모든 의미는
의도에 있다

더러 지나는 가보았는데 들어가지 못한 경우가 많은 탑골공원 안에서 등장한 고흐의 삶에서 참가자들은 어떤 인식을 하게 되었을까? 그것은 추측만 이루어질 뿐 나는 사실 모른다. 고흐를 잘 아는 참가자, 유럽에서 사이프러스를 직접 본 참가자와 그렇지 않은 참가자의 인식 상태는 다를 수밖에 없고, 그에 따른 감각의 일렁임도 당연히 격차가 있다.

그 각자의 삶에 내 해설이 들어간다는 것은 무엇을 의미할까?

니체의 《권력 의지》에 나오는 글을 보자.

【"의미 있는 게 아무것도 없어." 이 우울한 표현은 곧 이런 뜻이다. "모든 의미는 의도에 있어. 그렇기 때문에 의도란 것이 완전히 결여되어 있다면, 거기엔 의미도 마찬가지로 없는 거야."】

니체의 말대로 나는 내 의도를 전하고 싶어 이 공간에 의미 부여를 하기 시작했고, 그 과정에서 고흐를 끌어들였고, 의도의 궁극은 삶과 죽음이 하나라는 굉장히 어려운 철학적 질문이었다. 선뜻 받아들일 수 없는 난제를 의도로 삼았던 것은 죽음을 가까이 앞둔 탑골공원의 어르신들 영향도 있었지만, 삶의 근본을 사유하는 질문은 어느 해설 공간이든 바탕에 깔려 있어야 한다는 기본 생각 때문이다. 그러면 참가자들은 그 공간의 요소들과 자신의 삶을 충분히 연결하면서 새로운 감각을 몸속에 축적할 수 있게 된다.

낙우송을 떠나 새들이 입을 갖다 대는 수돗가 옆 뽕나무를 잠시 본다.(오래된 뽕나무에서 조선의 양잠을 언급했지만 안타깝게도 이 뽕나무는 그 이후 언젠가 베어져 없어졌다.) 그러고는 팔각정을 거쳐 원각사지 10층 석탑을 본다. 우리나라의 보편적 양식이 아닌 라마교 영향을 받은 대리석 탑을 보면서 무슨 말을 할 수 있을까? 탑을 생명체로 보게 되면 이런 내용이 나올 수 있다.

"지금은 국보 2호로 유리막 속에서 보존되고 있지만, 한때 이 탑은 아이들 놀이터로 방치되기도 했습니다. 아마 미군정 당시 미국인들이 관심을 두지 않았다면 이 소중한 탑은 더 많은 훼손을 겪었을 것입니다."

이 해설이 탑을 생명체로 본 것과 무슨 관계가 있을까? 이 탑의 역사를 알면 누구나 말할 수 있는 내용이 아닌가? 맞는 말이다. 하지만 나는 삶의 기본 틀인 생장과 소멸이라는 느낌을 계속 가져가고 싶었다. 그것이 누구에게는 둘일 수도 있고, 누구에게는 하나일 수도 있다는 생각을 참가자들이 계속 하기를 바랐다. 탑이라는 불교 상징물과 근대 시기에 만나야 했던 외국인들을 나열식으로 엮는 것만 해도 많은 생각거리를 던져 줄 수 있었고, 그 때문에 뒤바꾼 탑의 운명에서 현재 자신의 위치를 재확인하는 계기가 될 수도 있다는 것이다.

원각사지 10층 석탑을 떠나 종로구 아름다운 나무인 비술나무 앞에 섰다. 내 이야기부터 꺼냈다.

"숲해설가 교육을 받을 때 국립수목원에 갔습니다. 그곳 해설가 분이 커다란 나무를 보고는 '비술나무'라고 하더군요. 처음에 저는 잘못 들었나 했습니다. 작가 생활을 하니 언어에 친숙하다는 생각을 가지고 있었는데, '비'와 '술'이 조합된 단어는 정말 낯설더라고요. 비술이라고 입말로 해보았지만, 어색했습니다. 그것은 제게 충격으로 다가왔습니다. 정말, 제가 모르는 세계가 나무의 세계구나. 그 뒤 제게 나무 공부는 언어와의 싸움이었습니다."

비술나무 이름을 처음 들어본 참가자들은 내 말에 격하게 공감한다. 다 비슷한 경험 과정을 밟아가기 때문이다.

나무 해설을 하게 될 때 가장 먼저 할 수 있는 이야기는 나무 이름의 유래이다. 그럴 수밖에 없는 것이 우리는 어떤 대상과 언어로만 연결 지을 수 있기 때문이다. 정확한 언어로 연결되지 않은 대상은 그저 기표로만 남아 있을 뿐이다. 하지만 나는 나무 해설시 나와 관련된 이야기가 있으면 과감히 꺼낸다. 참여자들의 관심을 모으기에 꽤 괜찮은 방법이기 때문이다. 내 이야기가 없으면 두루 고민하면서 관련된 사람을 연결시킨다. '책을 내면서'에서 말했듯이 스토리텔링의 핵심은 사람에 대한 관심, 사람이 만드는 삶이기 때문이다.

　　비술나무 해설을 위해 인터넷 검색을 통해 얻은 이름 유래를 말했다. 딱 좋았던 것이 마침 비술나무 열매가 열려 있었기 때문이다. 주변에서 열매를 주워 보여주며 이렇게 말했다.

　　"열매가 뭉쳐 있는 모습이 닭의 벼슬 같아서 비술나무가 되었답니다."

　　이렇게 말하면서도 나는 수긍하기가 어려웠다. 그래서 인터넷 판이라는 말을 털어놓아야 했다.

　　나무 공부를 처음 시작할 때 이름 유래가 궁금해 책을 찾아보기는 했지만, 대체로 면밀한 연구에 의해 진행된 것이 아니어서 허점들이 많아 보였다. 그럴 수밖에 없는 게 향명(鄕名)으로 내려오는 여러 이름을 숙고 끝에 하나로 묶는 게 쉽지 않았을 것이다.

　　그래서 나는 2019년 8월부터는 이때 발간된 박상진 교수의

《우리 나무 이름 사전》을 참고해 해설을 했다. 이 책에 나오는 비술나무 소개를 보자.

【비술나무는 느릅나무의 일종으로 느릅나무와 비슷한 점이 많다. 때문에 옛사람들은 느릅나무와 같은 나무로 취급했다. 우리는 비술나무라고 부르지만 이 나무가 많이 자라는 중국 연변 지방이나 인접한 함경도에서는 '비슬나무'라고 부른다. 북한 이름 역시 비슬나무이다. 왜 우리 이름이 비술나무가 되었는지는 알려진 자료가 없지만, 힘없이 비틀거리는 모습을 가리키는 '비슬거리다'라는 말이 있다. 비술나무는 느릅나무와 마찬가지로 속껍질을 느른하게 만들어 비상식으로 먹기도 하며, 가지가 가늘어 비틀거리는 듯한 느낌이 드는 나무다. 느릅나무와 구분하기 위하여 '비슬거리다'에서 '비슬'을 가져다 '비슬나무'란 이름을 지었는데, 이 이름이 변하여 비술나무가 된 것으로 보인다.】

닭의 벼슬에 대한 언급은 전혀 없다. 그런데 곰곰이 생각해 보면 '닭의 벼슬'이나 '비슬거리다'나 다 추정일 뿐이다. 나무 이름에 이런 게 많은 것을 보면 때로는 답답하다. 언젠가 정리해 보고 싶은 영역이기는 하지만, 우선 나무 상태를 제대로 아는 것부터가 중요하다. 적어도 내게는 말이다.

이름을 언급하고 난 뒤 수순은 나무 동정하기이다. 이는 참으로 어렵다. 아주 오래 나무와 함께해야 터득할 수 있는 경지일 것이다. 그래도 숲해설가로 대중 앞에 서 있으니 이야기를 해야 하지 않을까? 그래서 비술나무, 느릅나무, 참느릅나무 비교 사진을 가져가 그걸 보면서 함께 공부하는 시간을 가졌다. 다시 말해 다함께 나무 동정을 해보는 시간을 마련했다는 것인데, 이 방법은 참가자들에게 활력을 줄 수 있다.

남효창의 《나무와 숲》에 나오는 글이다.

【그럼 느릅나무들을 식별하기 전에 의문을 던져보자.

- 가지에 코르크질의 돌기가 있는가?

- 잎의 가장자리는 홑톱니인가? 겹톱니인가?

- 잎 뒷면에는 털이 있는가?

- 잎끝이 갈라진 정도, 열매의 크기, 열매의 털의 유무는 어떠한가?】

어렵다. 그래도 자료 사진을 보며 함께 해보면 재미있다.

《나무와 숲》에 나오는 느릅나무 검색표를 보자.

【참느릅나무 - 잎은 홑톱니다.

비술나무 - 잎에 털이 없다.

느릅나무 - 열매에는 털이 없다.】

여기까지 하면 비술나무의 특징을 말할 수 없다. 비술나무는 수령이 많을수록 수피 부분에 하얀색이 두드러진다. 이를 말해야 하는데 나는 잘 모른다. 그래서 전문가가 쓴 책을 밝히면서 거기에 나온 문구를 인용한다. 김태영, 김진석 공저인 《한국의 나무》

에 나오는 비술나무 글이다.

【수피 : 나무의 생채기에서 스며 나온 수액이 말라서 하얗게 분이 오른 것처럼 보인다.

수형 : 작은 가지가 가늘고 길게 갈라져 대단히 섬세한 실루엣을 연출한다. 수형만으로도 나무의 식별이 가능할 정도다.】

그러고는 모두 함께 바닥의 열매에서 시작해 줄기를 따라 가지로 시선 이동을 한다. 가지 사이로 하늘이 열린다. 누군가는 거기서 비술나무를 통해, 고흐의 사이프러스를 통해, 삶과 죽음이라는 철학적 질문을 문득 감지해냈을 것이다. 그것은 전적으로 해설가가 의도를 가지고 새로운 의미 부여를 하는 과정에서 비롯된 것이다. 낯익은 공간이 새로운 언어에 의해 새로운 공간으로 재탄생된다. 그것을 어떻게 느끼는지는 각자의 몫이다. 그것을 최대 공감할 수 있는 콘텐츠는 삶을 사유하는 통찰의 과정이다. 이것은 어디에서든 통용될 수 있다. 우리 모두는 삶이라는 삶을 살아가는 흐름들이기 때문이다. 나도, 나무도, 탑도, 그 모두가 말이다.

《슬픔을 공부하는 슬픔》에 나오는 글이다.

【'진정한 삶'을 사유한다는 것은 곧 '삶의 의미'를 사유한다는 것과 다르지 않다. '삶의 의미는 어디에 있는가?' 더 줄이면 이렇다. '왜 사는가?' 요즘 인기 있는 질문은 아니다. 의미가 아니라 효율을 추구하는 사회에서 사람들이 궁금해 하는 것은 효율을 위한 '노하우(know-how)'이지 의미에 관여하는 '노와이

(know-why)'가 아니다. 인문학이 필요한 이유는 바로 이 대목에서 장렬히 실패하기 위해서다. 자기계발서가 '노하우'를 알려줄 때 인문학 서적은 '노와이'를 알려주지 못한다. 인문학은 질문이기 때문이다. 그리고 가장 중요한 질문에는 원래 답이 없다.】

이 글에서 무얼 가져갈 수 있을까? 질문은 무얼 아는 사람이든 모르는 사람이든 누구나 만들어서 던질 수 있다. 질문의 대상은 수없이 많지만 하나로 모아진다. '삶'이다. 삶을 묻는 질문이 의도의 본질이다. 공간에 따라 다른 곁가지가 무늬 지어 달라지기는 하지만 삶을 성찰한다는 태도만 계속 견지하고 있으면 무얼 몰라도 과감히 해설 세계에 입문할 수 있다.

의미 부여는
가치관이다

탑골공원에서 운현궁까지 가는 5월 코스의 주제는 '근대'라고 했다. 거기에 집중하다 보니 탑골공원 담벼락에 있었던 아케이드가 검색에 걸렸고, 덧붙여 한때 어렵게 도전했던 발터 벤야민까지 언급하는 경우도 있었다. 하지만 이는 잠깐 스쳐 지나가는 이야기일 뿐 깊이 들어가지는 못한다. 그래도 주제에 적합한 자료들은 충분히 기억해 두었다가 활용하면 좋을 듯하다.

일제강점기에 관인방(寬仁坊)과 대사동(大寺洞) 가운데 글자를 따서 인사동이 되었다는 고미술품 거리를 지나갈 때였다. 관인방의 뜻이 무엇이냐는 질문을 받았다. 그것이 나도 궁금하기는 했지만, 확실히 알아보지 않았다. 정도전이 작명을 했으니 사서삼경 어딘가에 있을 법한데, 그것을 찾을 실력이 내게는 없었고, 그래도 대략 알아두어야 할 것 같아 검색을 했지만 딱히 나온 게 없었다. 그래서 모른다고 했는데, 두 가지 반응이 나왔다. 그럴 수도 있다는 쪽과 해설가는 알아야 하지 않느냐며 직접 검색을 하는 쪽이다. 역시 출처가 바로 나오지 않는 것을 확인하고는 얼굴이 더 붉으락푸르락해진다.

인터넷 검색 시대이다. 모르면 금방 핸드폰에 손이 간다. 두드린다. 뭔가 나오면 만족해한다. 이런 습관이 있는 사람도 있고, 그렇지 않은 사람도 있다. 그래도 가급적 핸드폰을 꺼내지 않게 해야 하는데, 그러려면 어떻게 해야 할까? 해설가가 완벽히 알고 있으면 좋겠지만, 그러지 못하는 경우도 있다. 그래서 내가 찾은 방법은 질문 던지기이다. 항상 그러면 짜증을 내기도 하지만, 웬만하면 쉬운 내용이라도 질문을 던지면서 이야기를 끌어간다. 물론 그 이야기는 포인트마다 기승전결을 가지고 있어야 한다.

기승전결은 시작-중간-끝이라는 틀만 정확히 인지하고 있으면 누구나 만들어낼 수 있다. 아니 기승전결 구조는 오랜 언어 진화 과정에서 우리에게 내재되어 있다. 이를 능숙하게 쓰느냐는 오로지 연습과 경험에 달려 있을 뿐이다. 하지만 이를 압도하는 요소가 있다. 좋은 가치관이다. 그 가치관이 해설 내용을 꾸미게 되어 있다. 즉 그에 따라 이야기 전개가 이루어진다는 것이다.

"오래된 승동교회에서 우리가 기억해야 할 것은 무엇일까요?"

그러고는 인사동 골목길 안에 있는 그 교회에서 나는 백정 출신의 박성춘 장로 이야기를 집중적으로 했다. 고종 주치의 에비슨의 치료 덕분에 살아난 박성춘은 무어 목사와 함께 교회를 지속시키며 백정들이 인간답게 살 수 있도록 열심히 뛰어다녔고, 의사가 된 그의 아들은 노블레스 오블리주의 삶을 살았다는 것 말이다. 여기서 우리는 근대 인간의 모델을 찾아야 한다고 덧붙였다.

승동교회를 지나 서울 중심점을 찍고는 3.1운동 지도자들이 모였던 태화관 안으로 들어갔다. 3.1운동 선언문 낭독 그림 앞에서 이런 질문을 던졌다.

"3.1운동 때문에 크게 위기를 맞았던 사람이 있습니다. 누구일까요?"

참가자들은 그림을 뚫어져라 바라본다. 잠시 시간을 준 다음 말한다.

"설민석 씨입니다."

이 내용을 아는 참가자들은 고개를 끄덕이지만, 그렇지 못한 참가자들은 내게 시선을 모은다.

"제가 설민석 씨는 아니지만, 그분처럼 해보겠습니다."

그러고는 연기를 해본다. 대부분 웃는다. 당연할 것이다. 연기 전공자와 어설픈 해설가는 엄연히 다르다. 그래도 설민석 씨가 진짜 하고 싶었던 말을 전하며 마무리를 짓는다. 즉 3.1운동은 민족 지도자도 기억해야 하지만 실제로 오랜 기간 3.1운동을 이끌었던 수많은 민중을 기억해야 한다면서 말이다.

3.1운동 이야기를 하면서 서대문형무소 해설을 오래했던 내 경험도 적절히 섞어서 했다. 그렇게 되면 해설 내용도 내용이지만 해설가가 전하고자 하는 말들에 느낌이 묻어난다. 발터 벤야민의 아우라 개념을 떠올리면 이해될 수 있다. 즉 감각의 흔들림 정도가 높은 분위기(아우라)를 내려면 해설가의 경험이 관념으로 얻은 지식이나 정보보다 훨씬 더 유효하기 때문이다.

역사와 사회 발달을 보는 내 가치관은 대학교 시절에 대략 정립되었다. 마르크스 시각에 깊게 동조를 했고, 국내외 민중 이론에 경도되었다. 즉 가난하고 억눌린 다수의 사람들이 계급사회를 타파하고 모두가 평등한 세상을 만들어야 한다는 그림에 큰 매력을 느꼈다.

하지만 서대문형무소 해설을 하면서 일부분 수정되었다. 그곳에서의 해설 키워드는 평화였다. 적대적 관계를 탈피하는 평화에 코드를 맞추어 미래를 만들자는 것이었다. 즉 미움보다는 사랑을, 폭력보다는 비폭력을, 복수보다는 용서를, 갈등보다는 화합을, 편견보다는 배려를, 파멸보다는 공존을 공부했다. 이러한 개념들이 내 생활에서 전적으로 이루어지지는 않았지만, 가치관의 패러다임 전환을 도모했다는 것만으로도 새로운 가치관이 부여되었다고 볼 수 있다. 그렇더라도 혈기가 왕성하고 감각이 예민한 청춘 시절에 습득한 사상 기조가 쉽게 없어지지는 않을 것이다.

태화관을 나와 3.1운동 독립선언 광장 조성 모습을 보면서 나는 이렇게 말했다.

"작년에 이곳 해설을 할 때 여러 그루의 배롱나무가 새로운 곳에 정착하려고 안간힘을 쓰는 것을 보았습니다. 남부지방이 고향인 배롱나무가 서울에 많이 등장한 것은 오세훈 시장이 이 나무를 좋아했기 때문이라는 내용을 담고 있는 《서울 화양연화》라는 책을 본 적이 있습니다. 그 내용의 진위 여부를 떠나 배롱나무가 고향보다 추운 곳에서 살려면 얼마나 애를 써야 할까요? 그래서 이곳을 다시 온다고 했을 때 그 배롱나무가 얼마나 잘 자라고 있는지 궁금했는데 아예 한 그루도 남아 있지 않네요. 우리의 기념을 위해 싹 뽑아버리고 거기에 인공물을 다시 만들기 위해서입니다. 만일 제가 문화해설만 했다면 이런 인식을 갖지 못했을 테지만, 숲해설 중심으로 도시를 보다 보니 전에 못 봤던 풍경이 눈에 잡혔고, 그게 저를 화나게 합니다."

이 말은 진보 쪽 서울시장의 정책을 비판하는 것이다. 그리고 공개석상에서 이렇게 말하는 것은 균형을 잃는 해설일 수도 있다. 더군다나 역사학계에서 배롱나무 몇 그루가 뭔 대수라고 3.1운동

기념 조성에 왈가왈부하느냐고 말하면 내가 이길 논리도 미약하다. 도시에 나무를 많이 심자는 것도 혹 정책이 아니냐는 밀어붙임도 힘을 얻지 못할 수 있다. 그래도 내가 이렇게 말한 것은 내 가치관에 새로운 부분이 들어와 있기 때문이다. 그것은 웬만하면 나무를 해치는 일은 하지 말고 현재 영역에서 우리의 삶을 꾸려도 충분할 것 같다는 판단이다.

5월의 주제인 '근대'를 공부하면 할수록, 근대의 출발인 산업혁명과 이후 성장 과정을 들여다보면 볼수록, 그에 따른 사회 구조의 개편과 사람들이 추구하는 행복 목표를 확인하면 할수록 자명한 결론에 다다른다. 숲은 파괴되고 도시는 늘어난다는 것이다. 그러고는 다시 도시에 나무를 심자고 하는데, 그 활동은 미약할 뿐이다. 그나마 심은 나무도 이렇게 뽑아버리니 세상을 보는 시선이 바뀐 내게서 이런 말이 나왔던 것이다. 아무리 공적인 해설 활동이라고 하더라도 모든 해설 내용에 해설가의 가치관이 재현되는 것을 배제할 수는 없다. 오히려 자기 가치관이 드러나는 말은 한두 번 하는 것도 필요하다. 그래야 해설가에게도 그 시간이 소중하게 느껴질 것이다.

긴장과 이완은
이야기 법칙

인사동 SK건설 건물 옆에 가면 하늘 아래 닫힌 공간에서 거의 온종일 그늘만 맞으며 수백 년을 살아가는 회화나무가 애처로이 웅크리고 있다. 율곡 이이 집터 표지판과 함께 서 있는 이 나무 앞에는 황색선이 그어져 있는데, 거기서부터 흡연구역이라는 표시이다. 그래서 평일에 가면 비흡연자가 흡연실에 들어간 것처럼 숨이 막혀 회화나무를 가까이 보며 해설하기가 곤혹스럽다. 여기서 무슨 이야기를 풀어야 할까?

먼저 회화나무를 언급한다. 중국에서 괴화(槐花)라고 부르는데 '槐'의 중국 발음 화이〔huái〕가 변이되면서 회화나무가 되었다는 것, 영명이 'Chinese Scholar Tree'로 학자수라는 것, 우리나라 궁궐이나 서원에 많이 심었다는 것, 학자를 배출하자는 목적인지 공부를 잘하자는 의미인지 불분명하지만 회화나무가 가로수로 많이 조성된다는 것 등을 말하면 대략 소개가 끝난다.

그것으로는 이야기가 밋밋해 몇 가지를 더 준비했다. 출처는 《한국의 나무》이다.

【한국과 일본의 문헌에서는 중국 원산으로 기록되어 있으나, 중국의 문헌(식물지)에는 한국과 일본이 원산지라고 되어 있어 자생지에 대한 연구가 필요한 수종이다.

우리나라 궁궐이나 서원에 회화나무 노거수가 많은 것도 이와 연관(학자목)이 있거나 모화(慕華)사상에 기인할 것이다. 학명을 *Styphonolobium japonicum* (L,) Schott.으로 쓰는 견해도 있다.】

이 이야기를 풀면 참가자들은 회화나무에 대해 통상적으로 들었던 것과 다른 내용을 접하게 된다. 이를 연결 고리로 나는 이러한 이야기를 또 준비했다.

"조선 시대 학문의 기반은 성리학입니다. 이것은 나라 이념이기도 했습니다. 여기에 이이 선생 이름이 언급되어 있으니 우리나라 성리학의 기틀을 만든 이이 선생에 대해 조금이라도 알아보는 게 이분에 대한 예의가 아닐까요?"

그러고는 간단히 조선 역사를 훑는다. 훈구파와 사림파 그리고 남인, 서인, 노론, 소론 등의 당쟁사를 지나 세도정권을 언급하고는 흥선대원군과 고종에서 마무리한다. 여기에는 두 가지 의도가 있다. 마지막 해설 지점에서 흥선대원군과 고종을 이야기하려는데 갑자기 등장하는 것보다 사전 포석을 깔아 주면 이야기 전달에 효과가 있기 때문이고, 또 하나는 진짜 하고 싶은 이야기의 위치를 확인하면 이해에 도움이 되기 때문이다.

"여기서 이이와 이황 두 분의 사상에 대해서 잠깐 말하겠습니다. 이이 선생은 이기일원론(理氣一元論)이고, 이황 선생은 이기이원론(理氣二元論)입니다. 理와 氣에 대한 접근은 사람마다 다를 수 있지만, 여기서 저는 理는 정신으로 氣는 물질로 보겠습니다."

참가자들은 뜬금없이 등장하는 난해한 이야기에 쭈뼛거린다. 그런 기세를 몰아 다음 이야기로 넘어간다.

"이에 대한 논쟁이 끝난 뒤 인간과 동식물의 본성에 대한 의제가 등장합니다. 인간과 동식물의 본성이 같다고 보는 인물성동론(人物性同論)과 다르다고 보는 인물성이론(人物性異論)입니다."

그러고는 다시 담배 연기에 콜록거리고 있는 듯한 회화나무를 가리키며 말을 이어 간다.

"저 나무와 선생님들의 본성은 같은가요, 다른가요?"

여러 의견이 나온다.

"사서삼경이 방대하다고 하지만 성균관대 이기동 교수는 한마디로 성(性) 즉 사물의 본성에 대한 책이라고 말하고 있는데, 이를 풀면 모든 생물은 다 '性(心+生)' 즉 살려는 마음(의지)을 가지고 있다는 것입니다."

다시 질문을 던진다.

"저 나무와 선생님들은 같은가요, 다른가요?"

같다는 이야기를 낚아채 이렇게 다시 묻는다.

"둘이 같다면 이를 사자성어로 무어라고 할까요?"

답이 나온다.

"물아일체(物我一體), 물아일여(物我一如)입니다."

이 대답을 공유하기 위해 만든 스토리를 왜 하필이면 음습하고

퀴퀴한 그곳에서 했을까? 움직이지 못하는 나무의 숙명을 딛고 생장하는 모습이 경이로웠고, 건물에 다다르는 가지가 해마다 전지 당하는 운명에도 싹을 틔우는 광경이 숙연했고, 나무는 나무이고 나는 나라는 분리 사고로 그 나무를 응시하는 사람들의 웃음이 기묘하게 다가왔기 때문이다. 하지만 이게 전부는 아니었다. 다음 장소에서 내 이야기를 하기 위한 사전 장치도 있었다.

경인미술관에 가면 오래된 모과나무가 있다. 속이 비어 있는데도 커다란 모과가 열리는 것을 본 적이 있다. 그 모과나무 옆에는 작은 감나무가 자란다. 둘을 보면서 어떤 이야기를 준비할까 고민하다가 나무와 나의 역사에 대한 이야기가 적합할 것 같았다.

"숲해설가 공부를 하기 전까지 저는 나무를 싫어했습니다. 초등학교 5학년 때였습니다. 국화전시회를 앞둔 꽃이 예뻐 지나가다 만졌습니다. 그때 내 뺨이 번쩍거렸습니다. 교장선생님도, 장학사도, 국회의원도, 통일주체국민회의 대의원도 아직 못 본 꽃을 감히 네가 뭔데 만지느냐는 말이 들려왔습니다. 그 뒤로 식물만 보면 그 아저씨 얼굴이 떠올랐습니다. 저는 산을 그렇게 많이 다니면서도 나무 이름 하나 외우려고 하지 않았습니다. 감나무와 탱자나무는 어릴 때 하도 많이 봐서 자연스레 알고 있었지만, 나머지 나무는 눈길조차 주지 않았습니다."

참가자들이 몰입을 해오면 이런 질문을 던진다.

"제가 가장 싫어하는 시가 무엇인지 아십니까? …… 서정주의

'국화 옆에서'입니다."

분위기가 화기애애해지면 이어서《식물계통학》에 나오는 다소 딱딱한 글을 읽어 준다.

【수피는 진정한 재(材)를 지니는 식물에서 유관속형성층 바깥쪽에 있는 조직을 나타내는 전문용어이다. 외수피 또는 주피는 코르크형성층 자체에서 파생된 조직이다. 형태학적으로, 수피는 줄기나 뿌리에서 일종의 이차생장을 통해 생성된(진정 코르크형성층에서 기원한 것인지에 대한 여부에 상관없이) 최외곽 보호층을 지칭한다. 수피 유형은 특히 잎이 탈락하고 없는 상태의 낙엽 교목과 같은 식물 분류군을 동정하는 데 유용한 형질이다. 다음은 다양한 수피 유형이다.

1. 박리형 : 커다란 종이처럼 흠이 생기거나 벗겨지는 수피

2. 파열형 : 수직 또는 수평 방향으로 흠이 생기거나 갈라지는 수피

3. 평판형 : 균열 사이에 편평한 판이 있는 것처럼 갈라지거나 흠이 생기는 수피

4. 섬유형 : 거친 섬유처럼 된 수피

5. 활면형 : 균열이나, 섬유, 판 또는 박리하는 층이 없는 얇은 비섬유상 수피】

이 글을 가지고 나무를 떠올리는 과정에서 참가자들은 흥미를 느낀다. 수피 분류 이야기는 생소하기 때문인 것 같다. 여러 이야

기들이 잠시 오가다가 멈출 때를 기다려 질문을 던진다.

"이 모과나무는 어떤 유형일까요?"

여러 의견이 나오는데, 가장 많이 나오는 단어는 '개구리형' 혹은 '예비군복형'이다.

한바탕 웃음이 쏟아지고 나면 나의 나무 공부 과정을 이야기했다. 세밀화를 그려 봐도 오래 기억에 안 남아 작가 직업을 살려 나무 글쓰기를 시도했는데, 튀어 보려고 수피를 관찰하고는 글을 썼다는 것이다. 그다음 한 대목 읽어 준다.

"감나무 수피 : 《자연의 패턴》이라는 책에서 본 단어가 떠오른다. '균열'과 '프랙탈'. 똑같은 모양의 균열은 아니지만 프랙탈이 주는 반복 확장의 미학을 수피에 그물처럼 던져 본다. 회갈색이니 회색이니 세로로 갈라지니 가로로 갈라지니 거북이등 같은 모양을 하고 있느니 하는 서술과 다른 세계가 다가온다. 감나무 수피를 다시 본다. 쪼개지고 쪼개져 아프지만 몸통을 지킨다는 숭고미가 감전되는 듯하다."

이후 프랙탈(fractal)을 좀더 언급하면서 시선을 자연의 세계로 확장한다. 짧은 순간에 나에게서 시작된 이야기가 자연으로 옮겨 가면서 자연스레 물아일체의 자세를 견지하게 된다. 그 과정에 필요한 것은 의도적인 감정이입이다. 공부이고 노력이다. 그걸 참가자들과 함께 나누게 되면 서로가 즐거울 거라고 나는 생각하기 때문이다.

박경덕은 《프로작가의 탐나는 글쓰기》에서 대략 기승전결을 갖춘 이야기 구성에서 긴장과 이완을 강조했다. 오르막은 긴장이고, 내리막은 이완인데, 이를 적절히 연속적으로 배치해야만 프로그램이 재미있다는 것이다. 즉 아무리 좋은 메시지라도 이야기에 강약이 없으면 참가자들은 지루할 수밖에 없다는 말이다.

이 대목에서 내가 유머를 구사한다고 말할 수 없다. 나는 그저 내 이야기를 했을 뿐이다. 그 나가 나무라는 감정이입을 의식적으로 열심히 했다는 것을 의도적으로 참가자들과 공유했을 뿐이다. 그 이야기에 심각한 구석과 웃음 코드를 배치했지만, 그것이 어떻게 전달되었는지는 소통 상황에 따라 다르다. 다만 이야기 구성의 기본은 긴장과 이완이라는 법칙에 근거했다. 이는 야외 해설의 핵심일 수도 있다.

의미 부여는
사람으로 마무리해야

5월 해설 코스에서 이제 남은 곳은 천도교 중앙대교당과 운현궁 두 군데뿐이다. 천도교 중앙대교당을 가는 이유는 그곳에 종로구가 아름다운 나무로 선정한 은행나무가 있고, 운현궁은 좀 커다란 느티나무가 있기 때문이기도 하지만 기승전결을 갖춘 이야기 마무리를 위해 선정했다.

이야기 구성의 기본 형식인 기승전결은 중국의 한시(漢詩) 작법이었다. 기(起)에서 시상(詩想)을 일으키고, 승(承)에서 시상을 구체적으로 발전시키고, 전(轉)에서 기존 내용을 전환시키고, 결(結)에서 앞의 것들을 정리해서 할 말을 긴 여운으로 끝맺는 방식이다. 소설의 기본 구성인 발단-전개-위기-절정-결말은 아리스토텔레스가《시학》에서 정립한 시초-중간-종말이 발전하면서 나온 서양의 형식이지만, 기승전결과 크게 다를 게 없다고 보면 된다. 이는 지리적으로 미세한 변별점은 있지만 모두 인간 종(種)이 지구 구석구석에서 비슷비슷하게 진화했다는 의미이기도 하다.

기승전결 혹은 발단-전개-위기-절정-결말 구조가 이야기의 전범은 아니지만 가급적 이 틀에서 움직이는 게 전달에 효과가 있다. 이는 오랫동안 우리 인류가 몸의 특성을 인지해내면서 발달시킨 최적의 소통 방식이기 때문이다. 즉 우리는 먹는 것으로부터 삶을 이어갈 수 있다(기 혹은 발단). 다음으로 음식물을 적절히 소화시켜야 한다. 이때 불필요한 것들은 걸러내고 필요한 것들은 각 기관에 보낸다(승 혹은 전개). 거기서 잘못된 것들은 고통을 일으키고 유익한 것들은 새로운 에너지로 탈바꿈된다(전 혹은 위기와 절정). 마지막으로 모든 것이 정리되면서 몸 밖으로 배설물이 나오게 되면 하루의 시스템이 끝나고 새로운 하루가 열린다(결 혹은 결말). 쾌변이면 상쾌하고 그렇지 않거나 변비가 있으면 불쾌한 날들이 이어진다. 그러면 우리는 무얼 먹어야 할지, 몸에 이상은 없는지 점검을 한다. 즉 앞의 것들을 다시 훑는 과정에 들어간다. 그래서 좋은 결말은 전체를 잘 묶어서 한두 마디로 정리해내는 작업이 필요한데, 이때 가장 중요한 것은 남의 이야기보다 자기의 이야기를 만들어내야 한다. 격언, 경구, 잠언 따위를 가리키는 압축된 문장인 아포리즘(aphorism)을 만드는 일이다. 어렵지만 해설가라면 적극 시도해야 한다.

탑골공원에서 경인미술관까지는 대략 '기승'으로 보면 될 것 같다. 물론 그 안에서 작은 토막의 기승전결을 구사하기는 했지만, 이제는 걸러낼 것은 걸러내고 큰 틀의 '전결'을 향해 가야 했다. 주제는 근대이고, 남은 공간의 핵심은 동학혁명과 쇄국정책 혹은 근대화이다.

굳이 스토리를 만들자면 동학혁명은 민중 중심의 근대를 여는데 실패했고, 쇄국정책과 근대화는 외세 중심의 근대로 귀결되었는데, 그 여파가 지금까지 남아 우리를 늘 위협하고 있다는 것이 될 수 있었다. 이는 많은 수입 종 식재에서도 확인할 수 있다고 덧붙일 수 있었다. 하지만 이렇게 되면 스토리텔링의 핵심인 사람이 빠지게 될 것 같아 새로운 내용을 준비했다.

일제강점기 3대 건축물 중 하나였던 천도교 중앙대교당과 은행나무를 둘러보고는 수운회관 입구에 있는 수양느릅나무에서 탑골공원 비술나무를 환기시켰다. 그러고는 길을 건너 운현궁으로 향하면서 여느 곳보다 우람한 양버즘나무를 언급했다.

운현궁으로 들어가 노안당 입구 마당에 넉넉하면서도 고고하게 서 있는 느티나무를 마주볼 수 있는 평상에 참가자들을 앉혔다.

"이 그림 속 나무는 무슨 나무일까요?"

내가 준비해 간 그림은 창신동 플라타너스를 그렸다는 박수근의 '골목안'과 박완서 장편소설《나목》의 표지 그림이기도 한 그의 '나목'이었다. 이유는 플라타너스와 양버즘나무 이야기보다 우리가 늘 목말라 하는 것은 사람 이야기이기 때문이었다. 그래서 박수근의 고독한 삶에 참가자들은 잠시 숙연해졌다. 이어서 이렇게 질문했다.

"흥선대원군이 펼친 정책이 옳았다고 생각하십니까, 틀렸다고 생각하십니까? 고종이 펼친 정책이 옳았다고 생각하십니까, 틀렸다고 생각하십니까?"

여러 의견이 나온다.

다시 질문을 한다.

"흥선대원군이 돌아가셨을 때 고종은 임금의 직위이기는 하지만 장례식장에 와달라는 아버지의 부탁을 들어주지 않았습니다. 고종은 효자입니까, 불효자입니까?"

역시 여러 의견이 나온다.

마지막으로 질문한다.

"두 사람이 멀어지지 않고 사이좋게 지낼 수 있는 방법은 없었을까요?"

잠시 머뭇거린다. 그럼 참가자들 눈앞에 있는 느티나무를 가리키며 말한다.

"우리는 지금 대화를 하기 위해 카페에 들어갑니다. 아니 카페에 들어가 잠시 말하고는 서로 핸드폰을 주로 봅니다. 가깝고도 먼 사이가 되고 있습니다. 전에는 그렇지 않았죠. 정자나무라 불리는 저 느티나무 아래 여기처럼 평상을 깔아 놓고 허심탄회하게 이야기를 나누었습니다. 그럴 수밖에 없는 것이 나무는 우리를 긴장에서 풀어 주고 이완시켜 주는 물질을 내뿜기 때문입니다. 만일 흥선대원군과 고종이 우리를 품어 주는 느티나무 아래에서 이야기를 나누었다면 우리나라 근대 역사는 어찌 되었을까요?"

수긍을 하는 모습이 보이면 정리 멘트를 한다.

"오늘 우리는 종로 한복판에서 근대를 보았습니다. 거기에 있는 건물도 기억하면 좋지만 그 건물에서 사람들을 기억하면 좋겠습니다. 특히 근대 인간의 모델로 정의될 수 있는 박성춘을 잊지 않으면 좋겠습니다. 그리고 사이가 안 좋은 사람과 대화를 하고 싶으면 나무 아래를 찾아가시면 어떨까요."

이런 마무리가 기승전결에서 '결'에 해당한다고 강력하게 말하지는 않을 것이다. 다만 나는 5월 해설 코스에서 내가 의도한 주제가 반영되었다고는 본다. 지구상에서 숲의 면적을 줄이며 시멘트로 아스팔트로 땅의 호흡을 막는 종(種)은 사람뿐이고, 사람만이 지금의 위기를 해결할 수 있다면, 사람이 만드는 삶이 핵심 의제

화문 광장에 대해 해설을 한다. 그제야 나무와 권력, 그리고 공간에 대한 연결점이 드러난다.

《걷기의 인문학》옮긴이 김정아의 글을 보자.

【오스트랄로피테쿠스가 나무에서 내려와서 땅 위를 걸었다. 고대 그리스 철학자들은 주랑을 만들고 그 길을 따라 걸었다. 기독교 순례자들은 십자가의 길을 걸었다. 봉건 영주들은 성곽 안을 거닐었다. 낭만주의자들은 자연으로 걸어 들어갔다. 모더니스트들은 도시를 걸어 돌아다녔다. 지금은 러닝머신에서 걷는다.】

이 글에서 무엇을 읽어낼 수 있을까? 공간 구성은 권력자들의 입김에서 자유로울 수 없지만, 길을 걸으며 공간을 읽어내는 몫은 각자의 영역이다. 그 공간 읽기에서 나무를 등장시키는 시선 전환은 새로운 공간 읽기의 초석이 될 것이다. 하지만 여기서도 나는 내 해설의 바탕을 놓지 않았다. 나무, 권력, 공간에서 오롯이 사유할 것들은 우리의 삶이라는 팩트 말이다.

이태리포플러,

양버들, 미루나무

광화문에서 동십자각으로 가다 국립민속박물관으로 방향을 틀면 경복궁 주차장 입구이고, 그 앞에 커다란 이태리포플러가 보도 한

가운데 자라고 있다. 보행에 방해가 되지만 베지 않은 걸 보면 나무 사랑이 남아 있는 듯해 기쁘다. 하지만 이 나무를 보고 해설을 하려면 머리가 지끈거린다. 양버들이냐, 이태리포플러냐, 미루나무냐 의견 차이가 확연하게 나타나기 때문이다.

이럴 때는 일단 나무 동정부터 하는 게 순서다. 아래에 떨어져 있는 잎을 줍는다. 그러고는 서로 살펴본 것을 바탕으로 이야기를 나눈다. 의견이 엇갈리면 세 나무 잎의 그림을 보여준다. 그래도 의견은 일치되지 않는다. 왜냐하면 주운 잎과 그림의 잎, 그리고 나뭇가지 여기저기 달린 잎 모양이 엇비슷해 보이기 때문이다.

이해를 돕기 위해 《한국의 나무》에 있는 글을 보자.

【이태리포푸라(이태리포플라) : 어긋나며 길이 7~10(~20)cm의 삼각상 난형이고 대개 폭보다 길이가 길다. 끝은 길게 뾰족하고 밑부분은 평평하거나 넓은 쐐기형이며, 가장자리에는 불규칙한 둔한 톱니가 있다. 긴 잎자루는 윗부분의 좌우가 납작하고 털이 없다.】

【양버들 : 어긋나며 길이 5~10cm의 마름모형 또는 난상 삼각형이다. 끝은 길게 뾰족하고 밑부분은 넓은 쐐기형이며, 가장자리에 불규칙하고 둔한 톱니가 있다. 잎자루는 잎과 길이가 비슷하며 윗부분의 좌우가 납작하고 털이 없다.】

다음은 산림청 국립수목원에서 관리하는 국가생물종지식정보시스템에 있는 미루나무 잎 설명이다.

【잎은 어긋나기하며 난상 삼각형 또는 넓은 달걀모양이며 두꺼운 편이며, 점첨두이고 아심장저 또는 예저이며 길이와 폭이 각각 7-12cm로서 내곡거치(內穀鋸齒)가 있고 털이 없으며 밑부분에 2-3개의 꿀샘(蜜腺)이 있다. 잎표면에 주름이 약간 있다. 엽병은 길고 편평하므로 바람에 잘 흔들린다. 잎밑에 선점(腺點)이 있으며 잎은 폭보다 길이가 길므로 양버들과 쉽게 구별된다.】

이렇게 되면 일단 미루나무는 탈락이 된다. 아쉽다. 초등학교 시절 부른 "미루나무 꼭대기에 조각구름 걸려 있네"라는 동요 때문에 추억의 한 동강이 뭉텅 잘려 나가는 것 같다. 나는 더 아쉽다. 숲 공부를 하기 전까지 나는 고향집 글에 늘 미루나무를 등장시켰다. 먼지 풀풀 날리는 신작로 십 리를 걸어서 학교에 다녔는데, 나의 든든한 벗은 미루나무라고 여겼기 때문이었다. 하지만 미루나무가 아닐 확률이 높았다.

《한국의 나무》에 나오는 글을 보자.

【미루나무와 양버들의 잡종으로서 생장이 매우 빨라서 가로수나 각 지역 산록에 풍치수로 심고 있으며, 국내 도로변에 식재한 포플러류의 대부분을 차지한다. 이탈리아에서 들여왔기 때문에 이태리포푸라라고 부른다.】

《한국의 나무》공저자인 김태영은 숲해설가 전문과정 수업시간에 "우리나라에 미루나무가 거의 없다고 보면 됩니다. 판문점

도끼만행 사건의 시작이 미루나무 가지치기였는데, 가서 동정해 봐야 하지만 미루나무가 아니라 양버들이나 이태리포푸라일 확률이 높습니다"라고 말했다. 전문가의 말이라 나는 받아들이고 있는 상태였다. 그래서 분위기 전환을 위해 이렇게 말했다.

"만일 판문점 그 나무가 미루나무가 아니라 양버들이나 이태리포플러라면 우리 역사는 기록을 바꾸어야겠지요. '양버들 도끼만행 사건' 혹은 '이태리포플러 도끼만행 사건'이 되는 것이지요."

그제야 참가자들은 머리 아픈 나무 동정에서 벗어나 나무에 역사를 넣는 시선을 보인다. 그럼 골치가 또 아플 수 있지만 다음과 같이 말한다.

"미루나무는 학명이 *Populus deltoides* MARSH이고, 이태리포플러는 *Populus canadensis* Moench이고, 양버들은 *Populus nigra* var. *italica* Müench입니다. 여기에 공통으로 들어가는 단어가 *Populus*인데 이는 라틴어로 여기서 나온 단어가 people 즉 민중, 인민, 국민 등으로 번역됩니다. 그러니까 포플러 종류는 유럽 사람들이 좋아하는 나무로 볼 수 있습니다."

이 대목의 해설도 사람으로 마무리를 했다. 여기서 더 나아가면 모네의 이태리포플러 연작 시리즈를 언급하는데, 1830년 공화정을 폐지하고 군주정을 부활시킨 나폴레옹 3세가 싫어 인민의 이름을 가지고 있는 포플러를 그렸다는 이야기이다.

나무, 사람, 정치권력 구도를 연상시킨 것 역시 다음 이야기를 하기 위한 선택이다. 이야기는 열거가 아니라 인과관계로 이어져 가야 하는데, 주어진 공간에서 주어진 사물들을 이야기로 엮기 위해서는 인접한 사항을 꼬리를 물고 가는 수밖에 없었기 때문이다.

경복궁 건춘문을 지나 길 건너편을 보면 붉은 벽돌로 지어진 국립현대미술관 서울관이 서 있다. 길가에 주차된 대형버스들 때문에 그곳을 온전히 보기가 힘들지만, 비어 있는 공간이 보이면 멈춰 서서 이야기를 시작한다.

"전두환이 12.12사태를 성공시키고 나서 아침에 장성들이 모여 단체사진 찍은 곳이 저 건물 앞입니다. 보안사, 기무사 등으로 불리다가 지금은 미술관으로 되어 있는데, 저곳이 2014년 서태지가 부른 소격동 노래 때문에 주목을 받았습니다. 학생운동을 하다가 저 안에서 조사를 받고 군대에 끌려갔다가 영문도 모른 채 죽어서 나온 학생들 때문이었습니다. 이른바 학원녹화사업의 희생자들인데, 여기서 왜 이런 아픈 이야기를 꺼냈을까요?"

무거운 침묵이 잠시 이어지면 나도 숨을 고른다. 그러고는 질문을 던진다.

"왜 전두환은 작전명을 학원녹화사업이라고 했을까요? 녹화(綠化)는 푸른 숲을 만들자는 것 아닌가요?"

여러 의견이 나오는데 대부분 붉은색을 푸르게, 즉 사상 때문에 그런 것 아니냐고 말한다. 그럼 나는 이렇게 말한다.

"사람을 푸르게 한다는 것은 숲이나 나무처럼 만들겠다는 것인데, 이는 나무를 너무 우습게 보는 생각이 작동된 것 아닐까요? 제가 숲 공부를 하고 보니 나무가 우리보다 나은 점이 한두 가지가 아니더군요. 하나씩 말해 볼까요?"

참가자들은 입을 연다. 움직이지 않지만 더 나은 번식력을 보여주고, 오래 살고, 협력하고, 배신하지 않고 등등. 내가 준비한 이야기가 나오지 않으면 과감히 말한다.

"우리는 팔과 다리가 잘리면 자라지 않습니다. 하지만 나무는 꺾이고 잘려 나가도 세포 하나만 있으면 전체의 모습으로 자랍니다. 모듈(module) 구조를 가지고 있습니다. 이처럼 위대한 생명력을 가진 나무에서 단순한 점만 보아 작전명을 학원녹화사업이라고 해놓고, 많은 학생들을 죽음으로 몰아넣은 전두환 정권은 아무리 생각해도 용서가 안 됩니다. 박정희 대통령이 독재를 했지만, 치산치수(治山治水) 정신으로 산림녹화사업도 열심히 했습니다. 전두환은 이 나라를 위해 잘한 게 뭐가 있나요?"

감정이 격앙된다. 전두환 시절 학생운동을 했기 때문이다. 자칫 개인의 경험을 주장으로 확대하는 우려가 있었지만, 그래도 이렇게 해설했던 것은 현재 전두환은 '전 재산 29만 원'에서 국민적 분노를 받고 있어서다. 전두환 비판은 공통의 정서에 호소할 수 있다고 판단했고, 그것은 정치에서 삶으로 넘어가는 것이었다.

임혜원의 《언어와 인지》에 나오는 글이다.

【몸은 우리가 세상을 경험하는 매개물이기도 하지만 몸 그 자

체가 우리의 경험 대상이기도 하다. 따라서 개념화의 주체인 우리가 신체적 특성을 공유하고 있기 때문에 신체어를 확장시켜 사용하는 방식에는 일관되고 보편적인 모습을 보여준다. 우리의 개념 구조는 몸의 경험에 근거하여 구조화되어 있으며, 따라서 몸을 떠나 의미를 논할 수 없다. 몸이 없으면 개념도 존재하지 않을 것이다.】

자신이 몸으로 겪은 경험들이 언어로 무의식 속에 들어가 있다. 현재에 그 언어가 달라질 수 있지만, 그 강렬한 느낌은 쉽게 바뀌지 않는다. 미래를 저당 잡히고 전두환을 말했던 그 시절의 그 느낌이 몸을 통해 나오게 되면 자극의 정도는 더 강해진다. 그 전두환을 통해 나무의 뛰어남을 다시 보게 한 이야기 만들기, 억지스러운 면도 있었지만 과감히 시도해 보았다. 좋은 이야기는 생각하지 못했던 것들을 연결하는 과정에서 탄생한다.

오동나무와
엄마

국립민속박물관 정문을 통과하자마자 오른쪽을 올려다보면 세 갈래로 뻗은 긴 줄기 끝 나뭇가지에 광난형(廣卵形 : 넓은 달걀 모양)의 잎들이 무성하게 달려 있는 나무가 있다. 답사 때 개오동나무라는 표지판이 있어 무심히 넘어갈까 하다가 이참에 오동나무를 공부하면 좋을 것 같았다. 우리나라에 식재된 오동나무는 오동나무, 벽오동나무, 개오동나무, 꽃개오동나무가 있다고 들었는데, 이 분류가 흥미를 줄 수 있다고 판단했다.

식물도감을 보다 재미있는 부분을 발견했다. 오동나무는 현삼과, 벽오동은 벽오동과, 개오동과 꽃개오동은 능소화과였다. '오동'에 '벽', '개', '꽃개'라는 접두어만 붙였다면 같은 과라는 생각에서 벗어나기 힘든데, 실제로 보면 형태가 달랐기 때문이었을 것이다. 비전문가인 내가 오래 고민하기는 힘든 사안이었다. 그저 현삼과, 벽오동과, 능소화과 식물의 특징만 읽었을 뿐이다.

그래도 해설을 하려면 좀더 깊은 지식이 필요할 것 같아 이곳 나무들을 소개한 박상진의 《궁궐의 우리 나무》를 살펴보았다. 거기서 놀라운 사실을 알게 되었다. 이 책에는 개오동이라는 표지판과 달리 "국립민속박물관 입구에 수문장처럼 서 있는 꽃개오동"이라고 쓰여 있었다. 그래서 책을 보며 동정을 해보니 꽃개오동이 맞는 것 같았다. 참가자들에게 오래 기억할 만한 곳이 될 수 있었다.

이해를 돕기 위해 《궁궐의 우리 나무》에 나오는 글을 보자. 【꽃개오동은 오동나무에 접두어가 둘이나 붙은 재미있는 나무다. 오동나무와 비슷하지만 격이 좀 떨어진다는 뜻으로 이름 앞에 '개'가 붙은 개오동이 있는데, 꽃개오동은 그 개오동과 거의 비슷하지만 꽃이 아름답다 하여 여기에 '꽃'이라는 접두어가 또 붙었다. 꽃개오동은 1905년 평북 선천에 있던 선교사가

미국에서 처음 들여왔다.】

다음은 같은 책에 나오는 개오동 글이다.

【개오동은 중국 원산이지만 오래전에 한반도에 들어온 나무
다. 꽃개오동과는 달리 수만 리 떨어진 곳에서 따로 자란 나무
지만 거의 비슷하게 생겨서 구별하기 어렵다. 차이는 꽃개오
동의 꽃 색깔이 거의 흰색이고 잎끝이 거의 갈라지지 않는 반
면 개오동은 연한 노란빛이 들어간 황백색 꽃이 피고 잎끝이
3~5개로 갈라진 잎이 섞여 있는 정도다.】

이제 남은 것은 참가자들의 판단이다. 그런데 여기서 두 갈래
로 나뉜다. 오동나무만 들었지 개오동과 꽃개오동을 처음 들은 분
들은 해설가만 쳐다보고 있고, 식물 공부를 하는 분들은 표지판과
내가 준비해 간 자료와 눈앞에 나무를 보며 동정을 해나간다. 잠
깐 살펴볼 시간을 주고는 곧바로 모두의 관심을 끌 수 있는 이야기
를 꺼낸다.

역시 질문으로 시작한다.

"옛날에 아들을 낳으면 무슨 나무를 심었나요?"

소나무라는 의견이 많이 나온다.

"그럼 딸을 낳으면 무슨 나무를 심었다고 하나요?"

오동나무라는 의견이 많이 나온다.

"과연 그런가요?"

그러고는《궁궐의 우리 나무》에 나오는 내용이라며 출처를 밝

히고는 이야기를 이어 간다. 이 책에 나오는 글을 옮긴다.

【흔히 딸을 낳으면 오동나무를 심어두었다가 시집갈 때 장을 만든다는 말을 한다. 그러나 우리 쪽에는 이런 내용이 기록으로 남은 바가 없다. 딸을 낳으면 오동나무를 심는다는 말은 일본의 대표적인 오동나무 산지인 후쿠시마(福島) 현 일대에 전하는 이야기이다. 중국 명나라의 약학서인 《본초강목》을 보면 오동나무에 대한 설명의 끝부분에 "어린 딸이 있는 집에서는 오동나무를 심을 만하다. 나무가 잘 자라기 때문에 아이가 커서 시집갈 때쯤이면 잘라서 옷장을 만들 수 있는 크기가 된다"고 했는데, 《본초강목》의 이 내용이 그대로 일본에 전해져 풍속으로 자리 잡은 것이다. 조선시대 때 우리나라는 유교의 영향으로 남존여비 사상이 아주 강했다. 그래서 딸이 태어나면 축복하는 사람이 없었고, 산모는 어른들 앞에서 고개를 들지 못할 정도였다. 이런 사회 풍토에서 아버지가 딸을 위해 오동나무를 심는다는 것은 당시의 시대 상황과 맞지 않을뿐더러 믿을 만한 근거도 없다.】

이야기가 끝나면 주로 여성 분들에게서 탄식이 나오기도 한다. 재미있기도 하지만 골치 아픈 나무 동정의 시간들이 어느덧 우리네 이야기로 마무리된다.

숲해설을 처음 할 때는 주로 인터넷 검색에 의존했다. 이야기를 구성할 만한 재료들은 웬만큼 확보할 수 있기 때문이었다. 거기에 기승전결 어딘가 사람을 등장시켜 해설 내용을 삶으로 끌어들이면 머리에서 가슴으로 옮겨 가는 해설이 되고 그러면 어느 정도 감동이 묻어나면서 욕먹지 않는 해설이 될 수 있을 것 같았다.

이는 인터넷 검색만으로 충분히 이야기를 만들 수 있다는 안이한 생각을 가졌다는 것인데, 해설을 하다 보니 그게 어떤 문제가 있는지 알게 되었다. 자주 던지는 질문에 누군가 답을 할 때 잠시 기다리면 내가 검색한 순서에서 벗어나는 이야기를 듣기가 힘들었다. 그 이상을 준비하지 않으면 변별력을 갖기 어려웠다. 그래서 전문 서적을 읽기 시작했고, 해설을 할 때 출처를 밝힌다는 원칙을 세웠다. 이는 오랫동안 책을 만든 경험과 내 책을 쓸 때 인용한 수많은 텍스트에 대한 예의였다. 그것이 해설 현장에서도 자연스레 반영되었을 뿐이다.

꽃개오동만 보고 종로구 아름다운 나무가 많은 정독도서관으로 향하지 않고 국립민속박물관 안으로 좀더 들어갔다. 거기에 벽오동이 있는데, 이 나무 표지판에는 오동나무라고 되어 있었기 때문이었다. 그럼 나는 이 나무가 벽오동인지 어떻게 알았을까? 역시 《궁궐의 우리 나무》 덕분이었다. 같은 장소 같은 나무 사진 설명에 "오동나무와 한 집안인 것으로 오해받는 벽오동"이 있었다. 이 책에 나오는 글을 더 옮긴다.

【옛 문헌에는 벽오동과 오동나무를 구분하여 쓰지 않고 그냥 오동(梧桐)이라고 했다. 《본초강목》에서와 같이 "오동은 벽오

동을 말하고, 동(桐)은 오동"이라 하여 따로 설명한 경우도 있으나 대부분의 문헌에는 그 구분이 엄밀하지 않았다. (중간 생략) 한편, 생각해보면 벽오동 역시 오동나무와 마찬가지로 빨리 자라고 악기재로 쓰이며 잎 모양새도 비슷하기 때문에 복잡하게 따로 구분할 필요가 없었을 것이다. 하지만 식물학적으로 보면 벽오동과 오동나무는 사돈의 팔촌도 넘는 거의 완전한 남남 사이다.】

이쯤 되면 오동나무 이야기를 듣다 머리가 지끈거린다. 아직 전체 해설 가운데 절반밖에 안 했는데, 어떻게 해야 할까? 흐름을 잠시 반전시키는 이야기를 하는 수밖에 없었다. 역시 삶이었고, 나는 돌아가신 지 얼마 안 된 엄마를 선택했다. 이 사실을 밝히고 내가 쓴 시를 그 자리에서 읽었다.

오동나무

꽃개오동, 개오동, 벽오동, 오동을 말하고 난 뒤
다음날
추가 자료를 궁리하는데
문득
엄마가 떠오른다
오동추야 달이 밝아 오동동이냐

나 장가가기 전날
나무 한 그루 없는 마당에서
엄마는 태어나서 처음으로
사람들 앞에서 노래를 불렀단다

오동추야 달이 밝아 오동동이냐

그런데 알고 보니
마산 오동동이 있단다

아, 부끄럽구나
나 장가가는 것이 기뻐
노래를 불렀는 줄 알았는데
마산이 고향인 엄마는
당신이 태어난 삶을 노래했던 것이다
당신이 잘 살았다는 기쁨을 노래했던 것이다

다시 오동나무를 보러 가야 하는 이 아침
비 오는 밤 낙숫물 소리보다
더 큰 시련이
파도처럼 밀려온다

삶은 참으로 어렵다
꽃개오동, 개오동, 벽오동, 오동을
구분하는 것처럼

이 시는 시에 쓴 그대로 오동나무 첫 해설을 한 다음날 아침
부족한 부분을 보완하기 위해 자료를 찾다가 느닷없이 떠오른 엄
마를 쓴 것이다. 처음에는 격앙되어 중간중간 끊어 읽기도 했는
데, 몇 번 반복해서 읽으니 덤덤할 때도 있었다. 그래도 간혹 눈물
을 글썽이며 박수를 보내는 참가자들이 있어 기쁘기도 했다.

《숲에서 우주를 보다》를 보면, "숲을 직접 대면하면, 겸손한 자
세로 자신의 삶과 욕망을 (모든 위대한 도덕적 전통의 뿌리가 된) 더 넓
은 관점에서 바라보게 된다"라는 문장이 있다. 도심 속 나무 해설
이 숲 공간을 누비는 것은 아니지만, 크고 작은 건물들 앞에 조성
되어 있는 조경 정원을 보면 감정이입 정도에 따라 비슷한 느낌을
얻을 수 있다. 위 문장처럼 해설을 위해 나무 공부를 하면 할수록
시야가 넓어진다는 것도 알게 된다. 오동나무를 들여다보지 않았
다면 나는 평생 엄마가 나를 위해서 노래를 불렀다고 착각하며 살
았을 것이다. 이것도 확인 불가이기는 하지만 그래도 새로운 관점
이 들어차게 해준 나무들에 감사한다.

텍스트와
텍스트를 섞어라

국립민속박물관을 나와 길을 건너면 현대미술관 앞에 세 쌍둥이 비술나무가 서 있다. 150년 이상 된 세 나무를 쌍둥이라고 한 것은 크기도 모양새도 비슷해 부르는 것이지, 정말 같은 유전자를 가지고 있는지는 모른다.

사각 진 건물 앞 작은 둔덕에서 도로와 경복궁을 가리고 있는 모습을 보고 있으면 우아하다 못해 경건해진다. 하얀 수피가 두드러진 비술나무에 집중하고 있으면 도심 속 숲이 아니라 숲 속 도심에 있는 듯 몸이 가벼워진다. 고개를 들어 천천히 가느다란 나뭇가지와 작은 잎들을 보고 있으면 숲 속 하늘이 열린 듯 마음이 풍선 같아진다. 모든 게 정지되며 고요가 찾아온다.

《랩 걸》에 나오는 글을 보자.

【숲의 가장자리는 혹독한 무인지대다. 거기서부터 나무가 더 자라지 않는 데에는 모두 이유가 있다. 숲의 가장자리에서 몇 센티미터만 벗어나도 물이 너무 적고, 해는 너무 적게 비추고, 바람이 너무 많고, 너무 춥고 등등의 이유로 나무 한 그루도 더 자랄 수 없는 환경이 된다.】

이 글을 보면 나무 생장이 멈춘 곳에서는 우리도 살 수 없다는 느낌이 강하게 온다. 그런데 우리는 스스로 나무가 자라지 않는 환경을 만들고 있다. 그 안에서 이루어지는 삶은 무엇일까? 무엇이 되어야 할까? 그래도 오래된 보호수(保護樹)가 주는 위안은 크다. 이마저 없다면 삶은 황폐한 땅에 내몰리는 듯한 두려움으로 가득해질 것이다.

삶을 깊게 성찰하게 해주는 나무를 혼자만 품고 있으면 좋으련만 해설은 무엇이든 말로 나누어야 한다. 말이 안 되면 어떤 식으로든 말이 되게 해서라도 시간을 이어 가야 한다. 하지만 말을 끌어내려면 또 말을 해야 한다. 그런데 또 해야 하는 말이 중복된다면 실제로 난감해진다. 5월에 오신 참가자는 분명 비술나무 해설을 들었을 텐데, 그 말을 다시 하기가 꺼려진다. 처음 비술나무를 마주한 참가자도 계시지만, 내 입에서 반복의 말들이 머뭇거려진다. 방법은 하나다. 전에 했던 해설을 압축해 빨리 하고 새로 준비한 이야기를 꺼내면 된다.

"왜 우리는 오래 사는 나무를 보면 마음이 편안해질까요? 한번 저 비술나무를 아래에서부터 하나씩 눈에 담으며 위로 올라가 보겠습니다. 어떤가요? 위로가 되나요? 힐링이 되나요? 살려는 의지가 다져지나요?"

참가자 대부분은 수긍을 한다. 그러면 또 묻는다.

"저 위에 무엇이 있기 때문에 기분이 좋아질까요?"

'하늘, 공간, 바람, 구름, 사이, 생명, 나' 등등이 나온다.

"좋습니다. 멋집니다. 이를 좀더 시적인 표현으로 하면 어떤 시어가 있을까요?"

"여백?"

"맞습니다. 여백입니다. 이는 제가 한 말은 아니고 도종환 시인
의 시를 보고 여기서 이런 이야기를 나누면 좋을 것 같다고 해서
기억해 두었습니다."

그러고는 또 하늘을 올려보고는 잠시 침묵한다. 고요에 여유
로움이 스며든다. 아주 짧은 도심 속 나무 명상의 시간이다.

해설 현장에서는 읽지 않았지만, 여기에 도종환의 시 '여백'을
옮겨 놓는다.

언덕 위에 줄지어 선 나무들이 아름다운 건

나무 뒤에서 말없이

나무들을 받아 안고 있는 여백 때문이다

나뭇가지들이 살아온 길과 세세한 잔가지

하나하나의 흔들림까지 다 보여주는

넉넉한 허공 때문이다

빽빽한 숲에서는 보이지 않는

나뭇가지들끼리의 균형

가장 자연스럽게 뻗어있는 생명의 손가락을

일일이 쓰다듬어주고 있는 빈 하늘 때문이다

여백이 없는 풍경은 아름답지 않다

여백을 가장 든든한 배경으로 삼을 줄 모르는 사람은

여기까지는 감성이 고조될 수 있는 여릿여릿한 이야기로 내용을 만들었다. 왜냐하면 다음부터는 딱딱하고도 무거운 이야기로 넘어가야 하기 때문이었다.

국립현대미술관 뜰에 있는 종친부 경근당 건물 옆에 서면 보호수로 지정된 오래된 소나무를 볼 수 있다. 그곳에 참가자들을 일렬로 서게 하고 말한다.

"소나무에 대해 식물학적으로 아는 것 하나, 선생님의 삶 속에 있었던 추억 하나, 이렇게 두 가지를 들려주세요."

하나씩 꺼내 놓으면 소나무에 대한 이야기들은 거의 다 나온다. 굳이 내가 소나무 해설을 할 필요가 없어진다. 게다가 독특한 추억이 나오게 되면 꼬리를 물고 이야기가 이어져 분위기는 밝아진다. 그런데도 내가 준비한 이야기가 나오지 않으면 곧바로 말한다.

"선생님들이 만일 조선 시대에 살았다면 소나무 근처에도 가지 못했을 겁니다. 소나무는 임금의 독점 소유물이었습니다. 소나무 베다가 걸리면 사형으로 다스린 시대였죠. 벌채를 금지한 봉산(封山)제도, 일정한 용도에 쓸 목재의 채취를 금지하는 금산(禁山)제도가 시행되었습니다."

그러고는 6월의 주제인 나무와 권력에 대해 말을 이어 간다.

먼저 소나무이다. 이해를 돕기 위해 김동우 YTN 청주지국장이 〈충청투데이〉에 쓴 글을 옮겨 온다.

【춘추전국시대를 마감하고 중국을 처음 통일한 진(秦)나라 진시황이 그 사연의 주인공이다. 그는 하늘을 대신해 천하를 다스리는 천자(天子), 즉 황제가 됐다. 어느 날 그가 봉선제(封禪祭: 천자가 흙을 쌓아 단을 만들어 하늘과 산천에 제사를 지내는 의식)를 끝내고 환궁하는 중에 갑자기 소나기가 쏟아졌다. 어가(御駕)는 폭우를 감당하기에 너무 부족해 그 행렬은 멈춰야 했다. 그러나 지나는 곳이 허허벌판이라 쉴 만한 곳이 없었다. 이러기를 지속하다 신하가 어가 앞으로 뛰어왔다. 저 멀리 큰 나무가 보인다는 것이다. 서둘러 그 나무 밑으로 갔다. 거짓말 같이 억수 같은 소나기를 피할 수 있었다. 소나무 가지가 너무 무성해 거대한 우산 역할을 했기 때문이다. 비가 그치고 출발하려던 차에 진시황은 신하들에게 이 나무의 이름을 물었다. 하지만 아는 이가 없었다. 아니 이름이 없는 나무였다. 비를 피해 쉴 수 있어서 고마운데 이름도 모른 채 지나침을 안타깝게 여긴 진시황은 이 나무에 작위, 즉 벼슬을 내렸다. 그것도 작위의 최고 등급인 공작(公爵)이었다. 우산 역할을 했던 나무는 '목공작(木公爵)'이란 벼슬을 얻었던 게다.

그 후 사람은 그 나무를 '목공작'으로 부르다 어느 때부터 작(爵)을 빼고 목공(木公: mugong)이라 했다. 이처럼 목공으로 불리다 어느 누가 실수로 '목과 공'을 붙여 한 글자로 쓰는 바람에 송(松: song)이 됐다. 옛 문헌을 보면 소나무를 목공이라 표기한 곳도 있다. 무명의 나무가 우연찮은 우산 역할로 이름을 얻었고 나무의 제왕마저 차지한 셈이다.】

이는 속리산 정이품송 이야기와 비슷한 구석이 엿보인다.

다음은 회화나무다. 나무 책들을 보면 이 나무와 관련해 가장 많이 나오는 이야기는 다음과 같다. 주나라 제국 건설의 행정 직제와 직무 지침서를 기록한《주례(周禮)》에 쓰여 있다는 내용이다.

삼괴(三槐)는 삼공(三公)을 뜻하는 말로 주대(周代)에 조회(朝會)할 적에 궁정의 세 그루 회화나무 쪽으로 삼공이 얼굴을 향했다는 고사에서 나온 것이고, 여기서 더 나아가 삼괴구극(三槐九棘)이 있는데 이는 세 그루 홰나무와 아홉 그루 멧대추나무를 뜻하는 것으로 주나라 때 조정의 뜰에 홰나무 세 그루와 멧대추나무 아홉 그루를 심고 공경대보와 삼공(三公)들이 그 아래에 자리를 나누어 앉았다는 데서 나온 말이라는 것이다. 이런 관습이 우리나라에도 이어져 나무에 신분을 부여하였고, 신분과 계급에 따라 식재하는 나무가 달라졌다는 것이다.

살아서 직위와 사는 정도에 따라 선택할 수 있는 나무는 죽어서도 적용되었다. 중종실록에 나오는 글이다.

【《예기》를 강(講)하다가 시강관 김희열(金希說)이 글에 임하여 아뢰었다.

"이 책에 '서인(庶人)은 그냥 하관(下棺)하고 봉(封)하지도 않고 심지도 않는다.'고 했습니다. 대개 관혼상제(冠婚喪祭)에는 존비(尊卑)와 귀천(貴賤)에 따라 높이거나 깎아내리는 등급이 있습니다. 여기에서 봉(封)이라는 것은 구롱(丘壟, 무덤)이라는 것이고, 심는다는 것은 나무 심는 것을 말합니다. 천자는 소나무를, 제후는 잣나무를, 대부는 밤나무를, 사(士)는 느티나무를 심고, 서인은 나무를 심지 못하는 등 장사지내는 등급이 이같이 엄격합니다. 우리나라는 다른 일은 모르지만, 유독 장사지내는 일만은 서인·천례(賤隸)·장사치들도 재력만 있으면 그 표석(標石) 등이 사대부의 분묘와 다를 것이 없습니다. 고례(古禮)로 본다면 지극히 참람하니, 금단을 거듭 밝히는 것이 어떻겠습니까?"]

이와 관련되어 〈매일신문〉 2019년 8월 12일자에 실린 강판권 교수의 글을 보자.

【주나라는 나무의 종류에 따라 죽은 자의 신분을 구분했다. 죽은 자를 묻은 무덤은 세월이 흐르면서 점차 사라질 수 있지만 나무는 아주 오랫동안 존재할 뿐 아니라 죽으면 다시 심을 수 있었기 때문이다. 주나라에서는 천자의 무덤에는 소나무를, 제후의 무덤에는 측백나무를, 사의 무덤에는 회화나무를, 백성의 무덤에는 버드나무를 심도록 했다.

신분에 따라 나무의 종류를 달리한 것은 나무도 신분처럼 격이 다르다고 생각했기 때문이다. 천자와 제후의 무덤에 심은 소나무와 측백나무는 늘푸른큰키나무라는 공통점이 있고, 사와 백성의 무덤에 심은 나무는 갈잎큰키나무라는 공통점이 있다.】

자료들이 일관성이 없다. 그렇다고 내가 일일이 확인해 볼 만큼 열의를 가지고 있지는 않다. 텍스트에 덧입혀진 텍스트를 보면서 내 이야기를 만들어 가는 수밖에 없다. 그것은 단 하나, 나무에도 권력이 있다는 점이다.

여기서 내가 그때 한 이야기를 정리해 적을 수 없는 것은 이야기 도중 질문이 들어오면 그에 따라 이야기 전개가 달라지기 때문이다. 즉 내가 어떤 식으로 이 이야기를 풀어갔는지 명료하게 재생해낼 수 없다. 돌이켜 보니 이런 식의 소설 같은 이야기를 했던 것 같다.

"대략 소나무 옆에는 임금이 서고, 회화나무 옆에는 삼정승이 서고, 멧대추나무 옆에는 육조판서가 서 있었을 것입니다."

"백성이 죽으면 사시나무를 심게 했습니다. 죽어서도 벌벌 떨라는 의미였겠지요."

막 뒤섞이다 보니 일어난 일이다. 아니 그곳에는 소나무 뒤에 정말로 회화나무 대여섯 그루가 자라고 있어서 그랬을 것이다. 그것도 아니면 확실히 정리되지 않은 사안들을 단순화해 이해를 돕기 위한 이야기 구성을 하다 보니 벌어진 일이었을 것이다. 소설가였기에 그랬던 것보다 이런 식의 멘트는 누구나 할 수 있어야 한다. 야외라는 점을 감안하면 이는 큰 잘못이 되지 않는다. 이를 기반으로 더 깊은 공부를 해나가는 것은 각자의 몫이다. 그래서 나는 어디 가서 해설을 들을 때 낯선 이야기가 나오면 꼭 기억해 두었다가 확인하면서 공부를 한다. 이는 해설뿐만이 아니라 모든 텍스트를 대하는 기본자세일 것이다. 모든 텍스트는 정답을 갖고 있지 않다는 점, 해설의 핵심은 순간의 진지한 재미라는 점, 꼭 기억하면 좋을 듯하다.

긴장감
부여 방법

일반 시민들과 함께하는 야외 해설에서 적당한 시간은 어떻게 정리될 수 있을까? 1시간에서 2시간 정도를 많이 말한다. 그런데 이 개념이 내게는 조금 약하다. 백악산을 넘으며 한양도성을 해설하게 되면 대략 3시간 30분 안팎이 된다. 참가자들이 더 많은 이야기를 해달라고 하면 4시간이 넘기도 한다.

그렇다면 그 긴 시간을 긴장감 있게 끌고 가는 팁(tip)으로 무엇이 있을까? 먼저 스토리이고, 다음으로 해설가의 열의이고, 마지막으로 참가자들을 해설 영역으로 끌어들이는 것이다. 이는 끊임없는 질문과 대답이지만, 여기에는 신원 파악도 한몫을 할 수 있다. 이력 뒤지기가 아니라 사는 곳, 관심사 등을 물으며 소통을 해나간다는 것이다. 실제로 참가자들의 활발한 리액션이 해설 시간을 풍요롭게 하는 경우가 많다.

경기고 자리가 있던 정독도서관에 들어서니 해설 중반이 넘었다. 마지막 지점인 헌법재판소에서 마무리하면 30분이 넘어설 것 같다. 미리 양해를 구하면서 이렇게 말한다.

"다음 약속을 잡으신 분들이나 2시간 이상 걷기 힘든 분들은 중간에 가셔도 됩니다."

중간 정리가 끝나고 잠시 휴식을 취한다. 하지만 나는 물 한 모금 마시고는 의자에 앉아 있는 참가자들에게 계속 말한다. 너무 많은 정보가 주입되면 머리가 아플 것 같지만, 이렇게 하는 이유는 열의를 보여주기 위해서다. 해설가가 열심히 한다는 인상을 주면 참가자들도 에너지를 얻어 남은 시간까지 긴장을 놓지 않을 것 같다는 내 생각일 뿐이지만, 몸이 아프지 않은 이상 나는 목소리 톤을 낮추지 않는다. 해설로 진을 빼고 나면 뒤풀이가 즐겁게 다가오기 때문이다.

왕벚나무 아래에서 해설은 자극 주기라는 원칙을 잃지 않는 멘트로 환기를 도모한다.

"우리나라 벚꽃이 예쁩니까, 일본 벚꽃이 예쁩니까?"

이런 대답이 나온다.

"벚나무 원산지가 원래 우리나라 아닌가요? 일본이 우리나라 벚나무 가져다가 자기네 거라고 우기는 것 아닌가요?"

이야기가 복잡해진다. 그래서 왕벚나무로 국한해 신문기사를 언급한다. 제주 왕벚나무는 제주 왕벚나무이고, 일본 왕벚나무는 일본 왕벚나무일 뿐 둘 사이에 유전적 교류는 없었다고 말이다.

여기서부터 이야기는 다른 쪽으로 흐른다. 일본이 우리나라에 강제로 심었다는 가이즈카향나무와 왕벚나무를 베어내자는 지자체 발언과 실제로 벌어지고 있는 운동들을 언급하고는 이에 대한 의견을 묻는다. 그러고는 우리나라 고유 식물에 대해 묻는다. 미선나무, 히어리, 구상나무, 산개나리 등이 나온다. 그럼 다시 자생지 개념에 대한 정의를 묻는다. 낭만적인 벤치에 앉아서 나누는 이야기치고는 묵직하다. 여기에서 마지막 필살기를 던진다.

"우리 주변에서 보는 개나리는 열매가 없습니다. 가지로만 번식을 하는데, 이와 달리 산개나리는 열매가 있습니다. 이 열매 이름이 무엇일까요?"

정신이 없다. 배가 산으로 올라가고 있다. 종로구 아름다운 나무로 지정된 왕벚나무 옆에 있으니 왕벚나무만 이야기하면 됐지 도대체 왜 이런 스토리를 만들었을까? 생각이 꼬리를 물어 만들어지기는 했지만 이 이야기를 여기서 다 할 필요가 있었을까? 두 가지 이유에서다. 하나는 해설가가 많은 준비를 했다는 것, 즉 해설에 열의가 있다는 것을 보여주기 위해서이고, 다른 하나는 내 공부를 위해서다. 이 스토리가 내 진짜 지식이 되려면 말을 뱉음으로써 오래 기억되기 때문이다.

산개나리 열매가 '연교'라는 대답이 나오면 식물 공부 내공이 대단하다며 서로를 칭찬하고는 장소를 이동한다. 왕벚나무 터널을 지나 다다른 곳은 종로구 아름다운 나무인 수양벚나무 앞이다. 여기서도 이야기를 복잡하게 끌고 간다.

"왜 우리는 나무를 자꾸만 수양(드리울 수 垂, 버들 양 楊)화시킬까요? 지금은 '처진'이라는 수식어를 많이 쓰지만, 나무는 곧게 하늘로 자라야 그 본래의 생명력이 돋보이는 거 아닌가요?"

그리고는 수양회화나무, 처진비술나무 등을 언급한다. 여기서 그치지 않는다.

"이것도 모자라 나무에 황금색을 입히는 이유는 또 뭘까요?"

그리고는 황금수양회화나무, 황금처진비술나무 등을 이야기한다. 그때 이런 이야기가 나온다.

"사람들이 좋아하니까요!"

그러면 여기서 더 나아간다.

"수양을 좋아하십니까? 하늘로 오른 것을 좋아하십니까?"

의견이 나뉜다. 잠시 숨을 고르기 위해 이렇게 말한다.

"네덜란드에서 수입된 수양자작나무가 있습니다. 그런데 그곳에서는 '눈물의 자작나무'라고 부른답니다. 늘어진 버드나무를 '눈물의 버드나무'(weeping willow)라고 부르기 때문입니다. 즉 서양 사람들은 아래로 늘어뜨린 가지를 보고 눈물 흘리는 모습을 연상했습니다. 상당히 감성적인 인식입니다."

그러고는 과감히 말한다.

"처지는 나무를 끊임없이 개량한다는 것은 인간중심주의에서 한 치도 벗어나지 못한다는 것 아닌가요? 자연의 구성 요소에 불과한 우리가 자연중심주의 사고를 통해 생태계를 보전해야 한다고 하지만, 실제로 우리는 인간중심적 사고에서 절대 벗어날 수 없는 거 아닌가요?"

해설이 아니라 주장을 하고 있다는 느낌이 들지만 어쩔 수 없다. 나 자신 또한 인간중심적 사고를 하고 있지만, 우리가 지향해야 할 바를 공유한다는 뜻에서 한 말이기 때문이다.

주장은 종로구 아름다운 나무인 단풍나무 앞에서 정점을 이룬다. 거기서 단풍나무, 고로쇠나무, 은단풍, 설탕단풍, 당단풍나무, 신나무, 중국단풍, 시닥나무, 산겨릅나무, 네군도단풍, 복자기, 공작단풍 사진을 보여주고는 묻는다.

"어느 단풍이 제일 예쁩니까?"

다른 의견이 나온다. 이렇게 말한다.

"선생님이 말한 단풍이 제일 예쁩니다."

미학의 관점은 주관적이라는 말을 강조하며 회화나무와 백송을 지나 종로구 아름다운 나무인 등나무에 다다른다.

"대학 시절 등나무 아래에서 제가 제일 많이 한 짓은 담배를 피운 것이었습니다. 얼마 전에 일이 있어 가보니 등나무가 없어졌습니다. 제 탓이라고 생각합니다."

분위기는 반전된다. 이 역시 의도한 것이다. 다음 장소인 백인 제가옥 이야기도 무겁기 때문이다. 친일, 부자, 멋진 정원, 권력 등이 등장하는데, 그곳에 서로 다른 단풍 색깔을 내는 단풍 연리목이 있다고 해서 그 감동이 그리 크지는 않을 것 같아서다.

헌법재판소 옆 골목길에 있는 종로구 아름다운 나무인 향나무를 지나 드디어 마지막 지점인 헌법재판소 안 백송에 다다른다. 가만히 있어도 백송 이야기가 흘러나온다. 조선 시대에 중국에 간 사신들이 선물로 받아 와 권력 기관이나 권력자 집 안에만 심었다는 것 말이다. 혹 모르는 참가자들이 있으면 내가 반복해 주고는 박규수, 갑신정변, 홍영식, 제중원 등 이곳 장소와 관련된 역사 이야기를 덧붙인다.

그러고는 우리나라에서 가장 오래된 백송을 가까이 보기 위해 위로 올라가 백송 후계목 앞에 선다.

"처음 말씀 드린 대로 나의 나무를 하나씩 말해 보겠습니다."

나무 이름이 나올 때마다 이렇게 말한다.

"소나무요? 그럼 왕이시겠네요."

"느티나무요? 신분은 모르지만 마을을 지키는 넉넉한 분이시네요."

"회화나무요? 양반이시네요. 자녀 분이 학자가 되도록 회화나무 하나 심어 주세요."

고단했던 발걸음에 생기가 돈다. 보고 들었던 나무가 각자의 가슴에 들어차고 있다. 마지막으로 이런 멘트를 한다.

"헌법재판소는 민주화 과정에서 탄생한 국가 권력 기관입니다. 즉 국민이 주인이라는 것을 말하고 있습니다. 이곳에서 이런 말을 할 수 있을 것 같습니다. 조선 시대에는 나무에도 권력이 있어 나무 선택과 소유에 제한이 있었지만, 지금은 아무 나무나 나의 나무로 삼을 수 있습니다. 즉 누구의 간섭도 받지 않고 나의 나무를 통해 나의 삶을 살 수 있습니다. 그러면 우리 인생이 어떻게 될까요?"

잠시 주위를 둘러보면 답이 나온다.

"행복해지고 풍요로워집니다."

그럼 나는 "감사합니다"라고 말하고는 해설을 마친다.

제3강 '나와 나무 사이에는 삶이 있었네'를 정리해 보자.

《글쓰기 치료》에 나오는 글을 보자.

【무엇이 일관성 있고 조리 있는 이야기를 구성하는지에 대해서는 의견의 차이가 많이 있지만 대부분의 사람들이 몇 가지 기본적인 요소에 동의한다. 당신이 소설을 쓰든 개인적인 트라우마에 대해 글을 쓰든 일반적으로 글 속에는 다음과 같은 특징 요소들이 있다.

• 배경에 대한 설명 : 언제 그리고 어디서 사건이 일어났나? 그때 무슨 일이 벌어지고 있었나?

- 사건이나 격변에 대한 명확한 설명 : 무엇이 사건을 유발했으며 무슨 일이 벌어졌나? 사건이 발생할 때 당신은 어떻게 반응했나?
- 즉각적인 결과와 장기적인 결과들 : 그 사건의 결과로 어떠한 일이 일어났나? 이 사건이 당신의 현재 상황과 감정의 상태를 어떻게 형성했나?
- 이야기의 의미 : 왜 이야기를 자신에게 또는 다른 사람들에게 말하는가? 이 사건이 당신에게 그런 영향을 미쳤던 이유는 무엇인가? 그 경험으로 인해 배운 것은 무엇인가?]

윗글의 핵심은 이렇다. 스토리에는 배경, 사건, 인물이 등장해야 하는데, 그중에서 가장 중요한 것은 영향력이라는 것이다. 그 영향에 대한 내용은 우선 해설가 본인이 받은 감동이어야 한다. 이를 나누어야 한다. 그래야만 다른 사람들에게 그 느낌이 전해진다. 그렇지 않은 것은 박제된 느낌이 될 가능성이 높다.

숲 공부를 하면서 가장 크게 와 닿는 단어는 삶이라고 했다. 그 삶에 대한 인식을 확장하는 데 나무는 결정적 기여를 하고 있다. 그래서 나는 나와 나무 사이에 삶이 있다고 한 것이고, 그 삶에 나무 하나 들여놓으면 행복해질 것 같다는 스토리를 6월에 구현해 봤다. 이를 위해 알고 보니 그 나무에 오랜 기간 권력이 덧씌워져 있다는 스토리를 인식시키는 데 집중했다.

2019년 5월 30일자 〈경향신문〉에 실린 '강유정의 영화로 세상

읽기'에 나온 글을 보자.

【아직도 기억난다. 육중한 대문이 열리고 정원수로 우거진 긴 진입로를 지나 미술관 같은 집 안으로 들어섰을 때. 그 낯선 위압감 말이다. 그 공간은 지금껏 내가 영화나 드라마에서 보았던 '대기업 총수'의 집이 조악한 세트에 불과했음을 알게 해줬다. 위압적이었지만 고상하고 아름다웠다. 봉준호 감독의 〈기생충〉을 보자마자, 그 집의 거실이 떠올랐다. 널찍한 창을 통과한 빛이 가득 차 있던, 언덕 위 저택의 거실 말이다.】

윗글에 담긴 풍경에서 살고 있는 사람과 그렇지 않은 사람의 인식 정도는 분명 다르다. 누구나 내 나무를 정할 수는 있다고 하지만, 가진 정도에 따라 나무 소유 여부는 여전히 구분되어 있다. 이는 나무에 드리운 권력이 이제는 부(富)에 따라 스며들어 있다고 정의할 수도 있다. 여기까지 들어가면 또다시 혁명이 떠오른다. 하지만 이제 꿈꾸지 않는다. 그것보다 권력이 사라진 나무에서 나의 삶을 사유하는 게 더 나아 보인다. 위대하고도 영원히 푸르른 나무들을 보면서 말이다. 현재는 그렇다.

제4강
———

자신의
성장을 위해
해설하라

5월 특별 코스 해설 포인트
주제: 나는 누구인가?

창의문

밤나무 노간주나무
소나무 왕벚나무

1.21사태
소나무

백목련

아까시나무

소나무
군락지

소나무

삼청
공원

팥배나무

은사시나무

백악산
정상

청운대

곡장

숙정문

▶▶ 출발

가장 궁금한
질문을 던진다

서울 종로구는 서울이라고 해도 진배없다. 한양도성 축조시 걸친 백악산, 낙산, 목멱산, 인왕산 가운데 목멱산을 제외한 세 개 산이 있고, 경복궁, 창덕궁, 창경궁, 덕수궁, 경희궁지 가운데 덕수궁을 제외한 네 개 궁이 있기 때문이다. 게다가 대한민국 수도 역할을 여전히 맡고 있고, 청와대까지 종로에 있으니 종로가 곧 서울인 셈이다. 그러다 보니 이곳을 지나는 코스를 만들어야 했다.

그래서 5월에는 매주 한 번 백악산을 넘어 삼청공원에 갔고, 6월에도 매주 한 번 윤동주문학관에서 시작해 인왕산 진경산수화 길을 지나 수성동계곡을 거쳐 경복궁역까지 갔다. 3시간이 넘는 이 코스를 나는 왜 만들었을까?

먼저 나무가 우거진 숲에 들어가고 싶었다. 그래야만 진짜 숲 해설이 아닐까? 다음으로 자연사에 대해 이야기를 나누고 싶었다. 이는 다분히 내 욕심이 앞섰다. 책으로만 보던 것을 말을 함으로써 인식을 깊고 넓게 확장하고 싶었는데, 이는 해설을 오래도록 하는 이유에 해당한다. 책을 읽고 필사를 하고 글을 쓰고 사유를 하는 공부보다 공감과 반감 등 교감이 이루어지는 해설과 강의 현장이 가장 많은 공부가 되기 때문이다.

참 많이도 넘은 것 같은 백악산에서 무슨 말을 해야 할까? 홍보를 하고 나니 걱정이 밀려왔다. 문화해설 콘텐츠를 다 살릴 수도 없고, 일정 부분을 잘라내고 거기에 숲해설을 섞어야 하는데, 흥미로운 스토리를 어떻게 짜야 할까? 고민 끝에 늘 궁금해 하고 사유하는 '나는 누구인가?'를 주제로 잡았다.

창의문 앞에서 나는 과감히 시의 형식을 빌린 긴 글을 읽었다.

내가 있기까지

타이티 섬에서 고갱이 고통으로 그린 그림을 본다.
'우리는 어디서 왔는가? 우리는 누구인가? 우리는 어디로 갈 것인가?'

북한산 늦가을 한적한 하산로에서

다리가 부러져 죽음에 직면한 나는 물어보았다.

'나는 누구인가?'

아무것도 알 수 없었다.

다시 사는 게 감사해 근원을 캐물었다.

현재 나는 왜 여기 있는가?

시간은 거슬러 가고 공간은 좁혀져 갔다.

빅뱅, 초신성 폭발, 태양계와 지구의 생성

그리고 원시생명체의 탄생

원핵세포, 진핵세포, 다세포, 수중동물, 양서류, 파충류, 조류, 포유류

아, 그 오랜 세월 거친 포유류가 나였다.

내가 누구인지 알았다며 기뻐 지내던 어느 날

숲해설가 세계가 다가왔다.

공부는 다시 시작되었다.

포유류인 내가 있기 전

녹조류, 선태식물, 고사리, 겉씨식물, 속씨식물의

상호작용이 있었다.

그들이 만든 산소가 우리를 만들었다.

성곽 돌처럼 단단한 감각세포를 다시 열며
숲을 보고 나무를 느낀다.
실제 조상의 은혜를 몰랐던 나를 반성하며
생태감수성 농도를 푸르게 하기 위해
길을 나선다.
내가 있기까지 세상에 무슨 일이 있었을까?

다시 고갱의 그림을 본다.
그래, 우리는 어디로 갈 것인가?
그래, 숲이 만들어준 이 지구는 어디로 갈 것인가?
걸으며, 생각하며, 이야기를 나누며

오늘도
파이팅!

자주 이런 식의 이야기를 던지지만 이번에도 역시 뜬금없었을
것이다. 이렇게 방대한 이야기는 충분히 소화한 다음 능력껏 재미
난 비유로 하는 게 맞는데, 직설적으로 해버리니 난감했을 것이
다. 즉 많은 공부를 한 참가자라고 하더라도 가벼운 마음으로 나
선 길에 바위 하나가 가슴에 얹어지니 불편한 탄식이 나올 수도
있었다. 이를 줄이기 위해 읽는 중간에 이런 멘트를 넣는다.

"그래, 우리는 어디로 갈까요?"

머뭇거리는 사이 바로 말한다.

"백악산 정상을 넘어 숙정문을 지나 삼청공원으로 갑니다."

코미디 같은 말에 긴장은 이완된다.

긴 글을 읽고 나면 고갱의 그림을 보여주고는 우리가 가진 가장 큰 힘은 '질문의 힘'이라고 말한다. 그러고는《빅 히스토리》에 나온 질문을 몇 가지 소개한다.

【- 우주는 어떻게 오늘날과 같이 되었을까요?

- 어떻게 우주가 만들어졌을까요?

- 우주는 어떻게 오늘날과 같이 작동하게 되었을까요?

- 왜 별들은 클까요?

- 여러분과 저는 왜 작을까요?

- 왜 우리는 거대한 우주 속의 이 작지만 특별한 곳에, 생명들로 가득한 이 작은 행성에 자리를 잡게 되었을까요?

- 왜 인간은 그토록 강력한 힘을 가지게 되었을까요?

- 인간이란 무엇일까요?】

이쯤 되면 나는 해설가가 아니라 과학, 철학, 문학에 두루 통달한 석학이어야 한다. 적어도 외국 박사 학위를 가지고 대학 교수라는 직함은 가지고 있어야 한다. 그래야 신뢰가 생긴다. 하지만 나는 개의치 않는다. 나는 질문하는 힘을 말하고 있는 것이지, 그 질문에 대한 일목요연한 답을 말하기 위해 서 있는 것은 아니기 때문이다. 즉 내 삶을 해설 현장에 그대로 옮겨 놓았을 뿐이다. 이렇게 해설을 해도 되냐고 물으면 나는 내가 하니까 된다고 한다. 또 말하지만 해설은 내 공부이기 때문이다.

내 중심의 해설이 끝나고 나면 참가자 중심의 해설을 곁들인다. 한양도성 축조 과정과 창의문의 역사를 푼다. 그러고는 입산 전 이런 말을 덧붙인다.

"우주의 역사를 1년 단위로 줄여 보면 9월 21일 지구에 원시생명체가 탄생했고, 12월 28일 최초의 꽃이 피어났고, 우리 인류는 12월 31일 23시에 등장했습니다. 이렇게 늦게 나타난 존재가 지구 온도를 올리는 주범이 되고 있습니다. 그 존재가 우리입니다. 아니 여기 계신 선생님들은 숲을 사랑하시니 그렇지 않으실 겁니다. 그래도 더 깊이 숲을 이해하고 사랑하기 위해 오늘 저와 함께 생태감수성을 최대한 올리는 시간을 갖도록 하겠습니다. 그러한 내가 누구인지에 대한 철학적 질문도 계속하겠습니다."

내가 가장 궁금한 것은 근원이다. 왜 그러냐고 물으면 죽는 게 억울해서다. 《법구경》에서 "삶은 반드시 죽음으로 끝난다"고 말하고 있지만, 그 시작인 삶은 왜 시작되었고 그 끝인 죽음은 왜 끝인지 알고 싶다. 알면 뭐가 달라지느냐고 물으면 이렇게 말할 것이다. "속이 시원합니다"라고.

해설 원칙이 있다고 했다. 하지만 그 원칙도 변화하는 것이고 그 변화를 도모하는 것도 해설가다. 해설가가 해설을 하는 이유는 자원봉사냐 생계형 해설이냐에 따라 다르겠지만, 자신이 품은 가장 큰 관심사를 나누면 좋을 듯하다. 그렇게 말하고 나누면 더 좋은 질문이 만들어질 것이다. 그러니 현학적이니 철학적이니 너무 심오하다느니 왜 여기서 그렇게 어려운 이야기를 꺼내느니 하는 말들이 들려와도 자신감을 갖고 임하자. 이는 식물학에 대한 전문 지식 영역도 마찬가지이다. 자신이 가장 궁금해 하는 내용들, 과감히 털어놓고 공유해 보도록 하자.

자연과 진화에는
선(線)이 없다

산에 올라 생태감수성을 올리자는 말을 했는데, 이게 간단히 언급하면 간단하지만 공부를 해보니 상당히 복잡한 내용이었다. 간단하다는 것은 지구 온도를 올리지 않는 삶을 살기 위한 감수성을 가지면 되는 것인데 실천하기가 만만치 않다는 것이고, 복잡하다는 것은 생태주의라는 개념이다.

이상헌의 《생태주의》에 나오는 글을 옮겨 본다.

【근본 생태주의(Deep Ecology)라는 용어는 노르웨이의 과학철학자 아르네 내스(Arne Naess)가 1973년 발표한 〈외피론자 대 근본론자-장기적 관점의 생태운동(The Shallow and the Deep, Long Range Ecology Movement)〉라는 논문에서 처음 사용되었

다. 내스는 이미 발생한 환경 오염 문제의 해결에만 관심을 두는 외피적인 생태 운동과 비교하여 자신이 주장하는 근본 생태주의 운동은 다음과 같은 일곱 가지 특징을 지닌다고 주장했다. 첫째, (환경과 동떨어진) '환경 속의 인간'이라는 이미지를 거부하고 (환경과 인간의 구분이 아닌) 관계로서의 '전방위 이미지'를 선호한다. 유기체들은 생물권이라는 그물망, 혹은 본질적인 관계망의 매듭이다. 둘째, '원칙상' 생물 평등주의를 지향한다. 원칙상이라는 말이 붙은 것은 다른 생물을 죽이고 약탈하고 억압하는 것이 어느 정도는 불가피하기 때문이다. 셋째, 양자택일의 논리가 아니라 다양성과 공생의 원리를 추구한다. 넷째, 인간이나 생명체를 착취와 피착취 계급으로 구분지어 인식하는 입장 혹은 그렇게 되는 구조에 반대한다. 착취하는 일이나 착취당하는 일 모두 자기실현에는 부정적이기 때문이다. 다섯째, 오염과 자원 고갈에 반대한다. 여섯째, 복잡성을 지향하지만 이는 뒤얽힘과는 구별되어야 한다. 복잡성은 생물권에서 생명 현상이 가진 특징들을 의미하며, 하나의 체계를 형성하기 위해 함께 작동한다. 인간 사회에 적용해보면 복잡한 경제를 선호하고 여러 가지 생활 수단과 방식들이 통합된 다양성을 지향하는 것이라고 할 수 있다. 일곱째, 지역의 자율성과 분권화를 지향한다. 생명체는 소규모 지역 단위에서 생태적인 균형에 도달하기 때문에 각 지역의 자치 정부와 함께 물질적이고 정신적인 자기 충족을 강화하려는 시도를 지지한다. 물론 이러한 노력들은 분권화를 향한 힘을 전제로 하는 것이다.】

이를 압축하면 생존에 필요한 것만 취하는 여느 생물과 같은 삶을 우리도 살아야 한다는 말이다. 자연의 중심이 우리가 아니라 우리도 자연의 단순한 구성 요소라는 점을 인식하고 적당히 겸손한 삶을 살아야만 지구가 지속 가능하다는 것이다. 삶의 규모를 전 지구적으로 네트워크화하지 말고 적절한 공간에서 고만고만하게 삶을 꾸려야 한다는 뜻이다.

꼰대 같은 말로 들릴 수도 있는 경계의 말들을 참가자들에게 한다는 게 무슨 의미가 있을까? 해설을 듣는다는 것은 특정 공간에 들어서 있는 사물들에 대한 지식과 정보를 일차적으로 접수하고, 그것을 엮어 가는 해설가의 말솜씨에 매료되면서 순간을 즐기면 되는 것 아닌가? 숲해설이라면 나무 지식이 중심 아닌가? 거기에 새와 곤충도 함께 등장하면 풍성한 시간이 되지 않은가? 그런데 느닷없이 거대 담론을 들먹이며 행동 습관까지 간섭하려 들면 기분이 상할 수도 있었다. 숲 활동을 하고 숲해설에 관심 갖는 것 자체만으로도 생태감수성은 여느 사람들보다 높다는 자긍심을 자극하는 것이기 때문이다.

그런데도 현장에서 꼭 해보려는 것은 또 말하지만 내 공부 때문이다. 말을 하고 나서 부족해 보이면 다시 관련 공부를 한다. 반복되고 반복되면 기억 창고에 저장되면서 내 것이 되어 있다. 전공자가 아닌 이상, 그걸 가지고 밥을 벌어먹고 있는 상황이 아닌 이상 틈날 때마다 내 공부를 해설에 밀어 넣는 방식은 적극 권장한다. 관심 어린 공부가 쌓이고 쌓이면 그 내용을 말하면서 음미하고, 음미하면서 탐구하고 탐구하면 새로운 문장들이 만들어지고, 그것은 곧 새로운 발견이 이루어지는 희열에 마주한다. 공부를 시켜 주는 해설이 삶에 활력소를 가져다준다.

그렇다고 내 위주로 해설 스토리를 짜서는 안 된다. 공부 내용이 보편성을 가지고 있는가에 대한 점검을 해야 한다. 물론 모든 생각은 주관적이기에 보편성을 구현해낸다는 게 모순이기도 하지만, 생뚱맞은 메시지 전달에 급급해서는 안 된다. 모두가 더불어 살 수 있는 희망을 공유해야 한다. 그러한 스토리 구현은 일차적으로 검증된 공인들의 텍스트를 인용해 나가는 것이 무난하다.

백악산 안내소를 통과하면 정상까지 성곽을 따라 30분 정도 오르막을 올라가야 한다. 경사도가 급한 곳이고 계단 길이어서 산행 운동량이 부족한 사람은 힘에 부칠 수가 있다. 하지만 쉬엄쉬엄 이야기를 나누며 가기 때문에 무리가 가지는 않는다. 그래도 미리 길 안내를 하고는 성곽 덮개석을 만진 뒤 말한다.

"오늘 우리는 성곽 선(線)을 따라 계속 이동합니다. 인상파 화가 마네는 '자연에는 선이 없다. 다만 다른 색깔을 가진 영역이 서로 맞닿아 있을 뿐'이라고 말했습니다. 조지 해스컬은《숲에서 우주를 보다》에서 '노장사상적 연합. 농부의 의존. 알렉산드로스의 약탈. 만다라에서 펼쳐지는 관계들은 다양한 여러 색이 섞여 있다. 산적과 순박한 주민은 생각만큼 쉽게 분간할 수 없다. 진화는 선을 긋지 않았다. 모든 생명은 빼앗기도 하고 손잡기도 한다'라고 썼습니다.

자연에 선을 그은 종(種), 진화에 분류 체계라는 선을 그은 종(種), 바로 우리입니다. 그 선들이 넓어지고 있습니다. 우리가 열심히 만들어내고 있는 길입니다. 오늘 가는 이 성곽 길, 오랜 자연사 속에서 보면 얼마 안 되었습니다. 저 앞에 보이는 산들, 지금도 새로운 길이 만들어지고 있습니다. 우리나라의 국토 대비 도로 점유율은 거의 세계 최고라는 기사를 본 적이 있습니다. 그 길들이 만들어내는 것들, 과연 무엇일까요?"

마치 숲해설이 아니라 생태 혹은 환경 운동 단체 강의를 듣는 것 같다. 일상의 스트레스를 풀기 위해 낯선 길을 걷다 보면 삶의 에너지가 차오르는데, 여전히 골치 아프기만 하다. 마음먹고 나선 길에 대해 이렇게 모욕을 퍼붓고 있으니 말이다.

이제 이야기를 전환할 시점이 되었다. 우리가 서 있는 곳은 실내가 아니라 실외이기 때문이다. 눈에 보이는 것들이 얼마나 많은가? 그래서 백악산 생태를 조사한 박상진 교수의 글을 공유한다.

【경복궁의 진산(鎭山)인 북악은 높이 342m에 이르며 화강암이 주를 이룬 돌산으로, 산 능선을 따라 조성된 성곽 주위로 수

목이 가꾸어져 있다. 특별히 소나무는 조선 개국 초부터 특별
보호 대책을 세워 관리되었다. 조선 시대 내내 잘 보존되어 온
소나무 숲은 일제강점기 이후 숲이 방치되면서 능선 주위에만
주로 살아남아 오늘에 이른다. 북악산은 근 40년 동안 인간의
간섭을 받지 않은 덕분에 식물들이 잘 보존된 천연의 공간이
되었다.

지금 자라고 있는 식물은 208종류이고, 그중 나무는 81종
이 있는 것으로 조사되었다. 키큰나무(교목류)로는 소나무, 팥
배나무, 때죽나무, 산벚나무 등이 있고, 키작은나무(관목류)로
는 진달래, 철쭉, 쥐똥나무, 국수나무 등이 있다. 바늘잎나무로
는 소나무가 대부분이며 넓은잎나무는 참나무를 비롯한 여러
종류의 나무가 섞여 자라고 있다.

그 외 성곽 주변에 아까시나무, 은수원사시나무, 리기다소
나무 등 토사 유출을 막기 위하여 심은 나무와 최근 조경수로
심은 스트로브잣나무 등이 자라고 있다. 팥배나무 군락은 숙
정문 일대를 중심으로 이루어져 있는데, 다른 곳에서는 만나
기 어려운 북악 특유의 식생이다. 팥배나무를 비롯한 새 먹이
가 될 수종이 많기 때문에 야생동물 중 특히 새의 종류가 매우
다양하다.】

지구 생태의 역사, 그 생태를 보는 관점, 현재 만들어진 백악의
생태를 순식간에 훑어 나갔다. 방대하고도 압축된 이야기를 참가

자들이 어떻게 인식했는지 나는 알 수가 없다. 다만 이렇게 말해 봄으로써 나는 그 기나긴 시간을 응축된 느낌으로 세포에 저장할 수 있었다. 이는 내가 만들어내는 생각을 어떤 상황에서도 주눅 들지 않고 말할 수 있는 견고한 토대가 되었다.

그래서 나는 그림을 크게 그리면서 세상을 인식하는 빅 히스토리(Big History) 공부가, 그 안에서 '나는 누구인가?'를 탐구하는 질문이, 그 안에서 '우리 모두는 누구일까?'를 탐색하는 성찰이, 세상에 대해 말하는 해설 세계에서 바탕이 되어야 하지 않을까 생각해 본다. 아니 이게 삶의 전부이다. 많은 것을 기억하고 못 하고는 뇌의 구조에 따른 것이기에 지속해서 공부를 한다는 자세가 실력 여부를 능가하는 감동의 핵심이 되기 때문이다.

풍경이 아니라
시선을 본다

짧은 시간에 넓은 의미에서 공간 파악이 되었다고 판단한 뒤 곧바로 나무 계단을 오르기 시작한다. 중간에는 한 이야기만 강조한다.

"애국가 2절에 남산 위에 저 소나무가 있다고 하지만, 거기보다 여기 소나무가 볼 만합니다. 남산은 일제강점기를 거치면서 일본 위주의 수종으로 많이 바뀐 적이 있었습니다. 오늘 마지막 지점에 소나무 군락지도 나오지만, 서울에서 백악산 소나무만큼 멋

있는 나무는 보기 힘듭니다. 숨이 가쁠 때마다 소나무에 눈길을 주고는 좋은 기상을 받으면 좋을 듯합니다."

돌고래쉼터를 지나 백악쉼터로 가는 동안 시대별 한양도성 축조 과정, 부암동과 평창동 이야기도 곁들인다. 문화해설을 할 때에는 동네 역사에 초점을 두었다면, 숲해설이 되면서 숲과 도시의 경계 그리고 점유율의 역사와 인간의 개입에 대해 슬쩍 이야기를 나눈다. 어지러운 구성이기는 하지만 크게 개의치 않는다. 어떤 식으로든 모든 것은 연결되어 있다는 우주의 법칙을 늘 깔고 가기 때문이다. 우리는 그 연결의 한 지점에 있는 존재이지 연결을 해나가는 우월적 존재가 아니라는 점도 항시 마음에 품고 있어야만 황당해 보이는 이야기에도 자신감을 실을 수 있다.

'메를로 퐁티의 회화론'이라는 부제를 달고 있는《눈과 마음》에 나오는 글을 보자.

【보는 이는 자기가 보는 것을 자기 것으로 삼지 않는다. (보는 이는 자기 몸으로 인해 보이는 세계 속에 잠긴다. 그의 몸 자체가 눈에 보인다.) 보는 이가 보이는 세계로 다가가는 방법은 오직 시선밖에 없다. 보는 이는 보이는 세계로 통한다.】

무슨 말일까? 내 몸에 포커스를 두어야 한다. 다시 말해 눈으로 보는 시선 즉 시지각(視知覺, visual perception) 작용을 통해 같은 곳을 본다고 하더라도 서로의 몸이 만들어 온 삶이 다르기에 해설가가 어떤 의미 부여를 하더라도 각자 다른 느낌을 받을 수밖에 없다. 순간적으로 시선에 대한 교정 작업은 할 수 있어도 본 것에 대한 내용들이 몸속으로 들어가게 되면 참가자 개인의 삶에서 굳어진 시선이 바로 변화되기는 어렵다.

'메를로 퐁티의《지각의 현상학》에 대한 강해'라는 부제를 달고 있는《몸의 세계, 세계의 몸》에 나오는 글을 보자.

【"시선의 작용은 불가분하게 예견적이고 또 회고적이다. 예견적인 까닭은 대상이 그 현출에 앞서 있었던 것으로서 '자극' 내지는 처음부터 전 과정에 걸쳐 동기(動機)로서 혹은 원동자(原動者)로서 곧 주어질 것이기 때문이다. 공간적인 종합과 대상의 종합은 이 같은 시간의 전개를 바탕으로 한다. 매번 일어나는 응시의 운동에서 내 몸은 현재와 과거와 미래를 함께 결합한다. 내 몸은 시간을 분비한다. 아니, 오히려 내 몸은 사건들이 서로를 밀쳐내지 않고 현재의 주위에 과거와 미래의 이중적인 지평을 처음으로 투사하는 자연의 장소가 된다. … 내 몸은 시간을 소유한다. 내 몸은 현재에 대해 과거와 미래를 존재하도록 한다. 내 몸은 사물이 아니다. 내 몸은 시간을 견뎌내는 것이 아니라 시간을 만든다."】

무슨 말일까? 해설가와 참가자가 같은 곳을 보면서 같은 시간을 통과해 간다고 하더라도 개인들만의 시선이고 개인들만의 시간이다. 이를 잊게 되면 해설가가 열심히 이야기하는데도 시선이 집중되지 않으면 힘이 빠지게 되는데, 이를 잘 견디며 극복해야 한다. 즉 오르막길 걷기로 힘들고 지쳐 있어 보인다고 하더라도 자신이 준비한 이야기는 열정적으로 계속 밀고 나가야만 참가자들도 해설 시간임을 인지하면서 긴장을 늦추지 않는다는 것이다.

백악쉼터에서 얼른 물을 마시고는 그림을 하나 보여준다. 고흐의 '사이프러스와 별이 있는 길'이다. 그러고는 이렇게 말한다.

"이 그림이 2017년 2월 1일을 앞두고 과학자들의 주목을 받았습니다. 이날 저녁에 초승달-화성-금성이 일직선으로 하늘에 보이게 되는데, 1890년 작품인 이 그림에 이런 현상이 그려져 있기 때문입니다. 고흐는 어떻게 이런 그림을 그리게 되었을까요?"

여러 의견이 나온다. 나는 이렇게 말한다.

"본래 뛰어난 화가라서? 미세 먼지가 없는, 지금처럼 오염이 안 된 하늘이라서?"

역시 여러 의견이 나온다.

"고흐는 화가이기에 일반인보다 감수성이 깊었을 것입니다. 사물을 있는 그대로 보는 감각이 뛰어났겠죠. 하지만 이런 게 있지 않을까요. 모네는 '우리는 풍경을 보는 게 아니라 시선을 본다'고 말했습니다. 즉 우리가 숲을 보고 있지만, 우리가 숲이라는 풍경을 보는 것인지 풍경이 우리를 보고 있는 것인지, 잠시 혼돈이 일어날 수 있습니다. 그 순간이 개인의 몸에 인식되면서 다시 그림이든 글이든 말로든 나오겠지요. 그렇게 되면 그 그림은, 그 글은, 그 말은 나의 것인지 풍경의 것인지 또 헷갈리게 됩니다. 이런 상황에서 자신 또한 보고 있는, 아니 보이는 세계의 일부분이라는 자각을 하게 되면, 사물과 일치하는 감수성이 깊어지게 됩니다. 즉 내가 보는 풍경이 나빠지면 나도 나빠진다는 연결 의식을 짙게 체득한다는 것입니다."

그러고는 이야기를 예술에서 과학으로 옮겨 간다. 역시 묻는다.

"생명은 어떻게 이 지구에서 시작되었을까요?"

여러 의견이 나온다. 곧바로 텍스트를 인용한다.

《파란하늘 빨간지구》에 나오는 글이다.

【지구는 여타 행성과 무엇이 달라서 변화가 일어났을까? 그것은 바로 '우연'이다.】

허망한 대답에 웃는 참가자도 있고, 창조를 말하는 참가자도 있고, 그걸 어떻게 알 수 있느냐고 고개를 흔드는 참가자도 있고, 정말 궁금하다는 표정을 짓는 참가도 있다.

그럼 46억 년 전 뜨거운 지구 모습과 지금의 지구 모습을 사진으로 보여주고는 말을 이어 간다. 역시 《파란하늘 빨간지구》에 나오는 글이다.

【적합한 기후의 출현은 우연이었지만 우리 생존에는 필연이다. 이제 인간이 기후에 영향을 미칠 수 있게 되었다. 인간이 의도하지 않은 이 우연이 지구를 파국으로 몰아갈 수도 있다. 인간의 신통함은 이 우연을 안다는 데 있고, 인간의 위대함은 이 우연을 다루는 데 비로소 발휘될 것이다.】

내 판단이지만 이제 이야기는 발단-전개-위기-절정-결말에서 절정에 올라가 있다. 매듭을 지어야 한다. 여기서 지구 온도 줄이기 운동을 열심히 하자고 주문해서는 안 된다. 참가자들은 캠페인에 참여한 학생들이 아니다. 여가를 즐기러 온 답사객들이다. 그래서 이렇게 말한다.

"지구 온도를 줄이는 방법, 뭐가 있을까요? 불편하게 사는 것, 숲을 파괴하지 않는 것, 소비를 줄이는 것 등등 참 어렵지요. 저도 그렇게 하기 힘듭니다. 이 자리는 현재 우주 역사에서 우리 위치가 이렇지 않을까 짚어 보는 시간이면 될 듯합니다."

무겁게 끝나면 안 될 것 같아 모네의 '인상, 해돋이' 그림을 보여준다.

"동해 바다나 지리산 운해 위로 떠오르는 해보다 참 초라하게 느껴지지요. 그래도 세계적인 명작이 된 데에는 이유가 있겠지요. 제 생각에는 자신이 속한 현실 세계를 직시하는 자세를 보여준 것 때문이 아닐까 합니다. 일출 사진 찍으러 공기 좋은 곳만 간다는 것, 대기 오염이 심해지는 이 상황과 연결지어 생각해 보면 어떨까 합니다."

가볍지 않지만, 이런 이야기는 내 이야기를 참가자들이 자신의 삶으로 끌어들여야 한다는 의도가 반영된 것이다. 이는 꼰대 짓이라기보다는 정말 알기 어려운 인간의 본성이다. 간섭하고 개입하고 설득하고 질서를 잡으려는 그 희한한 본성, 모순 가득한 우리의 그 버리지 못한 본성 말이다.

《미생물이 플라톤을 만났을 때》에 나오는 글을 보자.

〔'기억이 나를 본다'라는 시가 있습니다. 토마스 트란스트뢰메르라는 스웨덴 시인의 작품입니다. 2011년 노벨문학상을 수상한 트란스트뢰메르는 이 시에서 기억에 관해 다음과 같이 노래합니다.

유월의 어느 아침, 일어나기엔 너무 이르고
다시 잠들기엔 너무 늦은 때.

밖에 나가야겠다. 녹음이
기억으로 무성하다. 눈 뜨고 나를 따라오는 기억.

보이지 않고, 완전히 배경 속으로
녹아드는, 완벽한 카멜레온.

새 소리가 귀먹게 할 지경이지만,
너무나 가까이 있는 기억의 숨소리가 들린다.

이 시에는 시인의 특이한 체험이 담겨 있습니다. 어느 날 시인은 기억이 자신을 바라보고 있다는 사실을 알아채죠. 이날의 체험에 따르면, 내가 기억을 떠올리는 게 아닙니다. 오히려 기억이 나를 보고 있죠. 기억의 시선이 먼저고 나의 시선은 다음입니다. 나의 시선이 기억의 시선에 응답하는 형국이죠. 사실 이런 일은 종종 일어납니다. 기억하기 싫어도 따라다니는 기억이 있잖아요. 시인은 "눈 뜨고 나를 따라오는 기억"이라고 말합니다. 기억하고 싶지 않아서 잊으려 안간힘을 써도, 기억은 내 마음대로 사라져주지 않죠.

기억은 나의 소유물이 아닙니다. 오히려 기억은 타자의 것에 가깝습니다. 기억은 과거에 타자가 내게 새겨넣은 타자의 흔적입니다. 타자가 심어 놓은, 반쯤은 타자의 식민지입니다. 반쯤은 기생체입니다. 아니, 마치 엄마가 뱃속의 태아처럼 그 누구의 것도 아닌 새로운 생명체입니다.】

무슨 말일까? 해설가의 말이 기억의 마중물이 될 수 있다는 것이다. 즉 내 말에서 기억의 어떤 파편들이 참가자 각각의 머리에서 슬금슬금 뻗어 나온다는 심리 과정에 대한 확신이 있었기에 해설인지 강의인지 모를 애매한 이야기가 가능했다. 가까이 다가가기 위해 중간 중간 우리에게 익숙한 장면을 상기시키는 단어를 적절히 배치했다. 그것은 내가 숲 공부를 하면서 받았던 충격을 참가자들과 공유하기 위한 사전 준비였다. 내가 박사님들 수준의 이야기를 말하는 깜냥이 안 되는 듯한 시선은 아랑곳하지 않는다. 이를 통해 나는 내 공부에 심화학습을 밟아 갈 것이기 때문이다.

내가 못 보아도
참가자는 본다

계단을 오른 무거운 발걸음보다 더 무거운 듯한 이야기가 마무리된 뒤 백악산 정상을 향해 오른다. 소코뚜레로 이용되었다는 노간주나무도 잠깐 보고, 산벚나무인지 왕벚나무인지 벚나무 종류도 동정하면서 급경사를 오른다. 그러고 나면 가벼운 이야기로 에너지를 보충해 주어야 한다. 가볍다는 것도 전적으로 내 주관이지만 일단 하고 본다.

"북현무, 즉 거북이 머리에 해당하는 백악산 정상은 한반도의 기가 응축된 곳입니다. 제가 본 자료에 의하면 여기서 오래 수련을 하신 분이 있는데, 이분이 나중에 어떤 경지에 올랐습니다."

잠시 시선이 모아진다. 그러면 손바닥을 하늘로 펴서 위로 올리는 시늉을 한다.

"공중 부양입니다."

크게 웃는 참가자도 있고, 실소를 보내는 참가자도 있고, 무반응인 참가자도 있다.

그 뒤 1.21사태 소나무 앞에서 총탄 자국을 보며 나무의 자기 치유 능력에 대해 이야기를 나눈다. 이어 청운대에서 팥배나무와 백목련을 보고는 도시의 공간 확장에 대해 허심탄회하게 말한다. 숲을 보호해야 한다고 말하지만, 팩트는 도시가 확장하고 있다는 것이다.

한양도성에서 가장 견고한 순조 시기 성곽을 지나 암문에 이르러 축성 기법을 말하고는 곡장은 그냥 지나쳐 촛대바위 쉼터로 향한다. 소나무 군락지에 다다르면 주위 소나무를 둘러보게 한다. 직선으로 10여 미터 솟다가 수평으로 뻗어 있는 소나무의 우아한 곡선미에 감탄을 금치 못한다.

참가자들은 묻는다.

"왜 저 소나무는 저렇게 자랐을까요?"

그럼 다른 참가자들이 말한다.

"환경이 그렇게 자라게 했겠지요."

이에 덧붙일 말은 사실 없다. 굽은 소나무가 많은 이유는 극심한 벌목으로 곧은 소나무가 멸종되어 가고 있기에 상대적으로 많아 보인다는 말도 불필요하다. 우리는 족보를 만들며 이력을 캐들어 가는 종(種)이지만, 소나무는 바람에 묻은 솔씨가 뿌리를 내리면 자라는 것이고 고사하면 자기 가문은 대가 끊기는데 그게 그리 그들에게 중요할까? 다 인간중심적인 감정이입의 부산물이다.

미국 시인 칼 샌드버그는 "인간은 언제쯤이나 새들이 아는 것을 알게 될까?"라는 말을 남겼다. 우리도 자외선을 보게 되면 모를까, 안다는 것 자체가 불가능하다. 그런데도 새가 자외선을 본다는 것을 전제로 수많은 관찰과 실험이 가해지면서 새들을 인간 아래 품으려 한다. 이 또한 인간중심적인 행위가 아니고 무엇일까?

이를 어떻게 인식 속에서라도 극복할 수 있을까?

소나무 숲에 둘러싸인 쉼터에 앉아 간식을 나누며 휴식을 취한다. 그래도 나는 멈추지 않고 준비한 이야기를 털어놓는다.

신준환 국립산림과학원 산림환경부장이 쓴 '한반도 숲의 변천사'이다. 내가 정리한 것을 옮겨 본다.(2004년 10월 4일자〈경향신문〉에 실린 '한반도 숲의 변천사'에 대한 이해를 넓히기 위해 공우석의《한반도 식생사》를 참고했다.)

【- 숲이 덮인 시기는 고생대(약 5억6천만 년 전부터 약 2억4천만 년 전까지). 이때에는 우리가 지금 보는 숲과 다른 모습을 띠었을 것이다.

- 중생대(약 2억4천만 전부터 약 6천5백만 년 전까지) : 소나무, 전나무(나자식물) 등이 조금씩 자라기 시작함. 버즘나무, 버드나무, 사시나무, 녹나무(피자식물) 등과 같은 큰키나무들이 상층을 덮고 생강나무, 두릅나무, 분꽃나무, 감탕나무, 장구밥나무와 같은 떨기나무들이 하층에서 아름다운 꽃을 피우고 열매를 맺는 등 점점 우리에게 친숙한 숲으로 변하기 시작했다.

- 약 6천5백만 년 전부터 시작한 신생대는 제3기와 제4기로 다시 나뉘는데, 환경 변화가 심했던 시기로 자연 환경이 바뀜에 따라 원래 자라던 숲이 없어지고 새로운 숲이 나타나는 경우가 많았다.

- 남부지방에 가로수나 조경수로 많이 심고 있는 히말라야시다는 신생대 3기 마이오세(약 2천4백60만~5백10만 년 전)에 나타나 약 200만 년 전인 제4기 이전에 사라져 지금은 외국에서 도입하고 있다.
- 지금 '미송'이라며 북미에서 많이 수입하고 있는 슈도쑤가, 조경수로 도입하고 있는 메타세쿼이아, 금송, 낙우송 등도 신생대 제3기 마이오세부터 제4기 플라이스토세까지 번성하였으나 지금은 한반도에서 멸종하였다. 이들은 제4기 플라이스토세 후반에 나타난 빙하기에 따른 기온 한랭화에 적응하지 못하고 절멸한 것으로 보인다.
- 한반도 숲의 변천에서 가장 흥미로운 것은 소나무의 분포 변화이다. 소나무는 중생대 백악기에 한반도에 출현한 이래 가장 성공적으로 환경에 적응하며, 전나무와 함께 지금까지 유일하게 남아 있는 종이다.
- 사람들이 숲에 들어가지 않는 지금은 소나무가 활엽수와의 경쟁에 밀리면서 빠르게 쇠퇴하고 있는 것으로 보인다.】

이 내용에서 강조점은 '나무 원산지를 따지고 있는데 알고 보니 거의 다 한반도에 있었던 수종(樹種)이기 때문에 의미가 퇴색한다'는 것이다.

이어서 숲이 가장 안정적인 세팅을 하고 있다는 극상림에 대해 말한다. 인터넷 검색을 통해 얻은 KBS 뉴스 자료이다.

【소나무 숲으로 흙이 비옥해지면 활엽수인 참나무류가 들어서기 시작합니다. 참나무는 소나무 아래서도 키를 올리며 세력을 넓힙니다. 참나무 아래서는 그늘 때문에 어린 소나무가 자라지 못합니다. 세월이 흘러 나이 든 소나무가 죽고 나면 결국 활엽수림으로 대체됩니다.

서어나무는 활엽수림의 마지막 단계에 등장합니다. 참나무 그늘서 조금씩 꾸준히 자라며 힘을 키웁니다. 일단 그늘을 벗어나면 참나무보다 훨씬 왕성하게 자랍니다. 결국, 서어나무는 활엽수림을 지배합니다. 외부의 교란이 없는 한 서어나무 숲은 안정된 상태를 유지합니다. 전형적인 우리나라 온대의 극상림입니다.】

그러고는 묻는다.

"어디에 있을까요?"

궁금해 하는 게 역력해 바로 말한다.

"불암산 삼육대 생태경관보전지역입니다."

철학자에서 시작해 과학자, 미술가, 지리학자, 식물학자까지 왔다. 빅뱅에서 시작해 현재까지 왔다. 어지럽다. 정리가 필요하다. 그런데 또 그림을 보여준다. 찰스 다윈이 그린 생명의 나무 아이디어와 클림트의 '생명의 나무'이다. 그러고는 묻는다.

"왜 우리는 하나같이 생명의 계보도를 나무와 나뭇가지로 형상화했을까요?"

여러 의견이 나온다. 찰스 다윈이 쓴《종의 기원》에 나오는 글로 대신한다.

"모든 생명체는 하나의 뿌리에서 나왔다."

여기서 끝이 아니다. 해설은 우리의 삶에서 시작해 우리의 삶으로 끝내야 한다는 원칙을 적용한다.

"우리는 소나무처럼 살아야 할까요, 참나무처럼 살아야 할까요?"

갸우뚱하는 사이 검색을 통해 얻은 이야기를 꺼낸다.

"소나무는 잠아(숨은 눈)를 깨우는 호들갑을 떨면서 목숨을 부지하지 않습니다. 그저 맞서다가 꺾이면 사라질 뿐입니다. 참나무는 부랴부랴 자는 녀석을 흔들어 깨웁니다. 뿌리가 뽑힐 것 같거나 줄기가 부러질 것 같으면 큰 가지 하나를 내어 주고 살아남는 방법을 선택합니다. 그래서 강직하지는 않지만 오래오래 살아남는 것을 최선으로 택합니다."

죽음의 순간이 오면 생(生)을 붙잡으려고 애를 쓰느냐, 생(生)을 깔끔히 정리하느냐, 두 갈림길에 대해 고민해 볼 수 있는 내용이다. 여러 의견이 나오지만 논쟁에 붙이지는 않는다. 각자의 몫이기 때문이다.

숨 가쁘지만 일정은 아직 끝나지 않았다. 숙정문을 거쳐 성북동을 굽어보고는 탐방안내소를 지나 현신규 박사가 개량한 은수원사시나무 앞에 선다. 거기서 현신규 박사, 박정희 대통령, 임종국 독립가, 김이만 나무할아버지, 민병갈 천리포수목원장, 최종현 SK회장을 언급한다. 국립수목원 '숲의 명예전당'에 오른 사람들이다. 이유는 우리나라 숲을 푸르게 한 공로 때문이다.

《숲에서 우주를 보다》에 나오는 글을 보자.

【케플러가 현재의 우리를 방문할 수 있다면 눈송이의 아름다움이라는 수수께끼가 해결된 것에 반색할 것이다. 석류 씨앗과 벌집 구멍의 배열에 주목한 그의 통찰은 옳았다. 구를 쌓으면 기하학적으로 눈송이 모양이 될 수밖에 없기 때문이다. 하지만 케플러는 물질 세계가 원자로 이루어져 있음을 몰랐기 때문에 작디작은 산소 원자로부터 얼음의 기하학적 형태가 자랄 수 있음을 상상하지 못했다. 그럼에도 케플러는 문제를 해결하는 데 간접적으로나마 한몫했다. 눈송이에 대한 그의 성찰에 자극받은 다른 수학자들이 빽빽하게 배열된 구(球)의 기하학적 성질을 연구했고 이 덕에 원자를 지금처럼 이해할 수 있게 되었으니 말이다. 케플러의 논문은 현대 원자론의 초석을 닦은 것으로 평가된다. 하지만 케플러 자신은 동료에게 '아드 아토모스 에트 바쿠아ad atomos et vacua', 즉 원자와 진공을 받아들일 수 없다며 원자론을 매몰차게 거부했다. 케플러의 통찰은 자신이 보지 못한 것을 남들에게 보여주었다.】

윗글을 여기에 옮긴 이유는 "케플러의 통찰은 자신이 보지 못한 것을 남들에게 보여주었다"라는 문장 때문이다. '종로의 아름다운 나무를 찾아서' 해설 담당자가 된 뒤 도심을 걷다가 긴 자연사를 훑으며 현재의 삶을 인지하는 이야기를 하겠다는 마음을 먹었는데, 그 공간으로 아래를 내려다볼 수 있는 백악산을 선택했다. 그곳을 거닐며 쏟아낸 내 이야기가 심오한 통찰은 아니고 짜깁기이기는 하지만, 그래도 내가 준비한 자료를 통해 참가자들이 새로운 통찰을 얻어가기를 바랐다. 내가 한 말에서 내가 다 볼 수 없는 것들이 참가자들의 삶에 기억으로 들어가 넓은 의미의 생태 감수성이 짙어지기를 희망했다. 내가 말한 식으로 내 사고 패턴이 만들어지고 있었기 때문에 어렵고도 방대한 이야기를 나는 자신 있게 펼칠 수 있었다.

5월 특별 코스라 불린 백악산 해설은 하늘로 곧게 자란 낙락장송의 금강송 서너 그루가 우뚝 서 있는 삼청공원 놀이터에서 마무리되었다. 위 내용을 매번 다 하지는 못했지만, 그래도 내 몸 어딘가에 진득하게 저장해 놓았기에 이후 해설 현장에서 벌어지는 어떤 상황이든 두려움 없이 대처할 수 있었다. 내게는 150억 년의 시간과 무한대로 팽창하는 공간이 들어와 있기 때문이다. 이는 이 기적이지만 내 공부 위주로 해설을 해보았기에 가능했다. 물론 그게 숲 주제와 무관한 것은 아니기에 감행한 것이지만, 쏠쏠한 잔재미가 없는 것은 맞다. 그래도 적극 권한다. 내 공부가 넓게 되어 있어야 모두에게 새로운 통찰이 열리기 때문이다.

 종로 아름다운 니무

▶▶ 출발

인생은
공부다

5월에 백악산을 넘은 뒤 6월은 인왕산으로 정했는데, 인왕산 정상
으로 가는 코스는 피했다. 그보다 하늘이 보일락 말락 하는 숲속
에 잠기고 싶었다. 인공 건물에서 숲, 그 숲에서 다시 인공 건물로
나오는 코스를 통해 우리의 현실을 직시하는 시선을 얻어 가려고
했다. 그것은 큰 그림에서 인지해낸 생태감수성이 아니라 나무를
어루만지며 몸속 깊이 울림을 주는 감각 열기를 시도해 보는 것이
었다. 그래서 군이 주제를 정한다면 '시선과 울림'이 되겠지만, 명
확하게 하지는 않았다. 답사 때 본 표지판 때문이었다.

'진경산수화길 코스는 한국 고유의 화풍을 만든 겸재 정선(1676년~1759년)이 살았던 터를 돌아보며 그림에 얽힌 역사를 알아가는 서울시 테마산책길이다. 주요 지점은 윤동주문학관을 시작으로 백운동(백운동천), 청송당터, 겸재 정선 생가터, 백세청풍, 자수궁터, 송석원터, 수성동계곡 등이 있다.'

이 길을 가려면 겸재 정선 공부는 필수가 되어야 했다. 인왕산을 넘으며 문화해설을 할 때 잠시 겸재 공부를 한 적은 있지만, 그것은 '인왕제색도'에 치우친 것이었다. 이제 폭넓게 겸재 정선을 알아야만 이 코스를 풍요롭게 이끌 수 있었다. 전문가들의 서적을 탐독했다. 깔끔하게 소화할 수 없었지만 주섬주섬 자료를 준비하고 길을 나섰다.

뜨거운 6월 햇살을 받으며 윤동주문학관 옆에서 내가 쓴 시를 읽는다.

떠는 만큼 떨어보자

잎새에 이는 바람에도 나는 괴로워했다,
라고 윤동주는 썼다.

우주는 떨림이다. 정지한 것들은 모두 떨고 있다,
라고 김상욱은 썼다.

절친의 죽음이 슬플 것 같아 겸재 정선은
인왕제색도를 그렸다.

눈을 크게 뜨고 보는 나무가 날아갈 것 같아
누군가는 매일 시를 쓴다.

오늘 가는 이 길에서 나는
무엇이 떨릴까,
얼마만큼 떨릴까,

오늘 한 번 폭풍에 나뭇잎 흔들리듯 떨어보자.

그러고는 몸을 부르르 떨어보자고 한다. 웃음이 번지면 말을
이어 간다.

"보이는 것을 그리는가, 보는 것을 그리는가, 믿는 것을 그리는
가? 보이는 것을 말하는가, 보는 것을 말하는가, 믿는 것을 말하는
가?"

선문답 같다. 말을 푼다.

"오늘 우리는 조선 시대 겸재 정선의 시선으로 인왕산과 서울
풍경을 보려고 합니다. 그래도 중요한 것은 선생님들 자신의 시선
이겠지요."

이제부터 문제다. 겸재 정선을 어떻게 설명해야 할까? 교과서가 정석이다. 질문을 던진다.

"다음 자료에 나타난 화풍과 관계 깊은 그림은?

【명이 망하고 청이 일어서자, 조선에서는 병자호란 때 당한 치욕을 조선이 곧 중화라는 의식으로 극복하려는 경향이 대두되었다. 이런 분위기 속에서 우리 고유의 정서와 자연을 표현하려는 예술 운동이 나타났다. 이에 따라 남종과 북종 화법을 고루 수용하여 우리 산천의 아름다움을 표현하기에 알맞은 새로운 화법이 창안되었다.】

진경산수화라는 정답을 말하고는 안견의 몽유도원도에 나타난 현실세계와 신선세계 즉 관념세계 설명을 시작으로 강희안의 고사관수도, 신사임당의 초충도, 겸재 정선의 금강전도와 인왕제색도, 강세황의 송도기행첩, 김정희의 세한도, 김홍도, 신윤복, 윤두서 그림을 보여주며 조선 회화사를 순식간에 훑는다. 답사와 해설 듣기라는 여가 활동치고는 오늘도 머리가 지끈거리기에 충분하다. 어설픈 설명이 되면 욕을 한 바가지 먹을 것이고, 아무리 잘된 해설이 된다 하더라도 얼치기 인상을 지우기 어렵다. 그래도 나는 꿋꿋이 해나간다. 내 해설의 키워드는 사람이 만든 '삶'이라는 점을 늘 명심하고 있기 때문이다. 그 삶을 보는 시선은 철저히 각자의 '봄'이고 말이다.

청운문학관에서는 이런 말을 꺼낸다.

《나무시대》라는 책을 보면 이런 이야기가 나옵니다. 중세 후기 페스트 전염과 30년 전쟁 시대에 숲의 기력이 회복되었답니다. 숲을 약탈했던 시대는 경제가 번성하고 인구가 증가되었답니다.

이곳 주변은 2005년 전까지 청운아파트가 있었습니다. 오래된 아파트를 철거하고 재개발을 하는 과정에서 지금의 모습으로 복원되었습니다. 인공 건물이 완전히 없어진 것은 아니지만 그래도 숲을 살리는 쪽으로 방향이 선회된 것입니다.

여기서 이런 질문을 던져 볼 수 있습니다.

'숲은 누구의 것인가?'

인간의 것이면 얼마든지 변조를 가할 것입니다. 나무를 싹싹 베어내고 리조트를 짓겠지요. 모두의 것이라면 적절하게 숲을 남겨두겠지요. 하지만 현실은 여전히 숲이 오그라들고 있습니다. 이를 막을 수 있는 방법은 뭐가 있을까요? 인간에게 재앙이 닥치는 것인가요?"

그곳을 떠나 숲길로 들어서는 지점에서 숨을 고른 뒤 이렇게 말한다.

"이제부터 진짜 숲으로 들어갑니다. 우리가 만든 길과 나무만 보게 됩니다. 아까시, 참나무 등이 주로 자라고 있는 이곳은 분명 숲입니다. 중세 시대에 숲은 어떤 인상을 가지고 있었는지 단테의 《신곡》을 통해 확인해 보겠습니다."

그러고는 《신곡》을 읽어 준다.

"우리 인생길 반 고비에 올바른 길을 잃고서 난 어두운 숲에 처했었네. 아, 이 거친 숲이 얼마나 가혹하며 완강했는지 얼마나 말하기 힘든 일인가! 생각만 해도 두려움이 새로 솟는다. 죽음도 그보다 덜 쓸 테지만, 거기서 찾았던 선(善)을 다루기 위해 거기서 보아 둔 다른 것들도 말하려 한다."

단테를 준비한 이유는 숲에서 마주하는 나무 동정도 좋지만, 잠시라도 숲을 통과하면서 기분 전환을 통해 행복감을 얻어 가면 어떨까 싶어서였다. 여기에는 다른 이유도 있었는데, 숲 공부한 지 얼마 안 된 나는 '이 나무가 그 나무, 저 나무가 그 나무'라는 지식이 약했기 때문이다. 그래도 아는 나무가 나오면 함께 이야기하였고, 참가자가 아는 나무가 나오면 열심히 경청했다.

중간 중간 겸재 정선의 삼승조망도, 청풍계도, 청송당, 장안연우, 그리고 김홍도의 송석원시사야연도 등을 보면서 과거와 현재의 날씨, 시야에 대해 이야기를 나누었다. 흥을 돋우기 위해 삼행시 짓기를 시도해 보기도 하면서, 숲과 인간에 대한 많은 내용을 주고받았다. 특히 인간은 숲에서 시작되었다는 사실을 공유하는 데 치중했다.

진경산수화길을 나와 수성동계곡 기린교를 바라보며 이런 말을 한다.

"서양의 르네상스는 14세기에서 16세기를 일컫습니다. 조선 후기 르네상스라 불리는 진경시대는 1675년에서 1800년을 말합니다. 이때 나온 그림 가운데 진경산수화는 27퍼센트에 불과하다고 합니다. 관점의 차이일 것입니다.

이제 우리는 숲에서 벗어났습니다. 도심 속으로 들어갈 것입니다. 르네상스의 핵심은 인간 시선의 변화입니다. 관념에서 현실로의 이동입니다. 숲을 어떤 시선으로 보느냐에 따라 파괴도 일어나고 보호도 일어날 것입니다. 그런데 이 시선 혹은 관점이라는 게 정답이 없습니다.

진경산수화를 놓고 최완수는 조선 성리학의 고유성이 담겼다고 하고, 유홍준은 숭명배청 즉 중국의 조선화라고 하고, 이성미는 중국 그늘에서 벗어나지 못했다고 합니다. 이쪽 공부가 짧은 저는 이럴 때 난처합니다. 그래도 과감히 말하고 있습니다. 숲을 지나면서 겸재의 그림을 보면서 우리가 반드시 숙고해야 할 것은 '보이는 것을 말하는가, 보는 것을 말하는가, 믿는 것을 말하는가?'입니다. 즉 나의 시선이 무엇인지 자각하는 삶이 중요하지 않을까 생각합니다."

나름 인문학 숲해설이라고 여기면서 준비한 내용들이 끝나면 역시 마지막은 삶으로 마무리를 한다. 그래야만 해설 내용들이 몸 속 세포로 밀착해 들어갈 수 있기 때문이다.

"겸재의 인곡유거(仁谷幽居) 그림입니다. 버드나무와 벽오동이 보이지요. 그 옆 기와지붕 아래 앉아 있는 겸재 정선이 보입니다. 인곡유거는 택호(宅號)입니다. 문패 대신 붙일 수 있는 이름입니다. 우리 집 현관에는 '복 받은 집'이라는 스티커가 있습니다. '이 놈의 집구석'이 아니라 '복이 오는 집'이기를 소망한다는 것입니다. 마당에 나무 한 그루 심을 수 없는 아파트에 산다고 하더라도 집안에 화목을 주는 이름 하나 정하시면 어떨까요?"

길고 긴 역사와 생태가 삶으로 귀결된다. 마음에 여유가 생겨 그 이후 길은 가볍다. 우당기념관을 지나 서울맹학교, 서울농학교를 통과하면서 은행나무, 백송, 팽나무 등을 본다. 궁정동 무궁화 동산 근처에 있는 종로구 아름다운 나무인 회화나무를 감상하고는 무궁화동산을 지나 청와대 분수대 앞에서 백악산을 보며 겸재 정선의 대은암 그림을 말한다. 그러고는 경호상 다가갈 수 없는 종로구 아름다운 나무인 향나무를 안타까운 시선으로 본다.

이후 경복궁 영추문 옆 오래된 플라타너스 가로수 길을 따라 걷다 통의동 백송을 보기 위해 보안여관을 지나 골목길로 들어선다. 태풍에 잘려나간 백송 그루터기에 상심을 던지고는 큰길로 나와 종로구 아름다운 나무인 참죽나무 앞에 선다. 이곳에서 다음과 같은 내용을 말한다.

【* 가죽나무 : 소태나무과. 중국 원산이며 마을 주변에서 자란다. 잎은 어긋나고 홀수깃꼴겹잎이며 40~100cm 길이이고 작은 잎은 13~25장이다. 작은 잎 밑부분에 2~4개의 톱니와 기름점이 있어서 고약한 냄새가 난다. 암수딴그루.

* 참죽나무 : 멀구슬나무과. 중국 원산이며 흔히 마을 주변에

심는다. 잎은 어긋나고 짝수깃꼴겹잎이며 작은 잎은 5~10 쌍이다. 작은 잎은 피침형이며 끝이 길게 뾰족하고 가장자리는 밋밋하거나 얕은 톱니가 있다. 씨앗은 한쪽에 날개가 있다.〕

3시간이 조금 못 미치는 긴 여정이었고, 더운 6월이라 지칠 대로 지쳤다. 그래도 겸재 정선의 시선이 들어가고 몸은 새로운 감각으로 떨린 좋은 시간이었기를 바라며 원하는 참가자들과 함께 서촌 음식거리로 들어가 맛나게 점심을 먹는다. 두런두런 인생 이야기도 나눈다. 시간 내어 공부했던 순간이 어여쁘게 다가온다. 좋았다는 참가자들의 말에 또 힘을 얻는다.

제4강 '자신의 성장을 위해 해설하라'를 정리해 보자.

북한산에서 골절로 죽음의 순간을 느껴 본 뒤 '인생은 공부다'라는 문장을 모토로 삼았다. 아무리 파고 또 파도 근원을 알 수는 없지만, 매순간 매사 궁금증을 해결하기 위해 공부를 해나가고 있다. 기억력과 상상력이 애쓰는 만큼 뒷받침되지 않아 실력은 턱없이 부족하지만, 그래도 내가 공부한 것을 나누려고 기를 쓴다. 그렇기 때문에 장르에 거침이 없다. 모르는 영역도 삶이라는 큰 그림에 녹이면서 지식을 습득해 본다. 그걸 해설로 글로 말로 과감히 나눈다. 틀려도 창피하지 않다. 수정하면 되는 것이기 때문이다.

당당하고 멋진 해설, 몰라도 콘텐츠 구성에 필요하면 적절히

인용하기 위한 치열한 공부가 가능하게 해줄 것이다. 그 공부의
핵심은 삶을 이야기한다는 것, 늘 명심하면 좋을 듯하다.

전복적 사고를
시도하라

7월 코스 해설 포인트: 창경궁 춘당지
주제: 두 개의 시선

| 창경궁 홍화문 | 층층나무 / 백송 / 느티나무 / 회화나무 | 돌배나무 / 함박꽃나무 | 뽕나무 / 음나무 | 서어나무 / 황벽나무 / 까치박달 | 다릅나무 | 춘당지 | 백송 | 참나무 / 말채나무 | 창경궁 대온실 |

▶▶ 출발

통섭적
융합 시선

7월이 다가오고 있었다. 장마도 있고, 폭염도 있다. 도심에서 둘을 맞이하려면 인내가 필요하다. 그것마저 감당하며 해설하는 삶이 썩 유쾌해 보이지는 않았다. 궁리 끝에 창경궁 숲을 선택했다. 물론 4월에 기획한 것이기는 하지만, 왜 그때 그랬는지 알 것 같았다. 내가 편하고 싶어서였다. 다음으로 참가자가 뜸해지는 7~8월에 나름 고안한 마케팅 전략이었다. 많이 걷지 않고 고궁에서의 나무 공부, 매력이 있을 것 같았다. 마지막으로 나무를 집중적으로 공부하고픈 이기적 욕망이었다.

6월 해설을 진행하면서 틈틈이 창경궁 답사를 갔다. 궁궐 해설과 숲해설을 들었다. 홀로 산책을 하며 동선도 짜보았다. 가닥이 잡히던 중 '과학사가 이종찬의 유럽·일본 자연사박물관, 식물원 탐방기'라는 부제를 달고 있는《파리식물원에서 데지마박물관까지》라는 책을 읽게 되었다. 전율이 일었다. 거기서 상상력이 뻗어 나갔다. 잘못 말했다가는 매국노가 될 수 있는 내용을 정리하기 시작했다. 해설에 담을까 말까 며칠 고민하다가 실행에 옮기기로 했다.

핵심은 이것이다. 일본이 식물원과 동물원을 창경궁에 조성한 이유가 서양에서 근대를 배운 그들의 무의식적 발로일 수 있다는 것이고, 창경궁을 완전 복원하지 않고 나무만 가득 심은 경우는 조선 성리학의 사유가 무의식적으로 반영된 것 같다는 추론이다. 이 추론에서 결론을 내리기 위한 전제들을 치밀하게 만들어내야 하겠지만, 논리를 뛰어넘는 정서라는 게 있어 상상 속 가설적 추론으로 이끌어 가기로 했다. 나름 전복적 사고라 위험성이 있었지만, 시도를 두려워하지 않는 평소 마음가짐이 일단 저지름을 허락하고 있었다. 그 의지가 또다시 새로운 스토리를 만들어냈고, 나는 물 흐르듯 이어 가 보기로 했다.

7월 해설 첫날 나는 창경궁 정문으로 들어가 오른쪽에 있는 평상에 참가자들을 앉게 하고 이렇게 말했다.

"오늘도 시작 전에 간단히 제가 쓴 글을 읽겠습니다. 제목은 '두 개의 시선'입니다."

참가자들의 시선이 모이기를 기다린 다음 한 구절 읽고 이야기를 나누고 한 구절 읽고 이야기를 나누는 형식을 취했다.

"통섭적 융합이라고 하지만 여전히 우리에게는 두 개의 시선이 있는 것 같다."

그러고는 묻는다.

"통섭이 뭔가요? 융합이 뭔가요?"

여러 대답이 나온다. 정리를 하고 또 이어 간다.

"춘당지 쪽으로는 이과적 시선을, 궐내각사 쪽으로는 문과적 시선을 혹 던져 볼 수 있을까?"

그러고는 7월의 창경궁 해설은 두 곳을 요일별로 나누어 한다는 것을 알려준다. 이어 모든 참가자에게 시선을 맞추며 묻는다.

"이과이신가요? 문과이신가요?"

대답이 나오고 나면 마지막 문장을 말한다.

"다 돌면 통섭적 융합이 어렴풋이 가늠이 될까? 그대는 어느 시선으로 사는 것 같은가?"

프로그램 홍보와 내가 의도한 이야기를 이끌어 가는 실마리까지 던졌다. 이제 본래 작정한 대로 나무 공부에 집중하면 되었다.

"오늘은 이과 공부에 집중하겠습니다. 저는 문과 출신이라 이 분야를 공부하신 분들의 적극적인 협조 부탁드리겠습니다."

그러고는 고개를 돌려 백악에서 시작되어 흐르는 물줄기인 옥류천 주위를 둘러본다.

"저기에는 살구나무, 매실나무, 자두나무가 과실수로 심어져 있습니다. 봄이 되면 꽃들이 예쁘게 피는 이 나무만 정확히 동정할 줄 알아도 나무 고수입니다. 혹 말해 주실 수 있는 선생님 계시나요?"

분명 계신다. 숲해설 들으러 오는 참가자들 가운데 숲 활동 경력이 화려한 분들이 많다. 활동은 못 하고 있지만 취미로 공부하는 실력이 대단한 분들도 상당하다.

매실은 꽃받침과 꽃잎이 밀착되어 있고, 살구나무는 꽃받침이 뒤집어져 있고, 자두나무는 꽃자루가 길다는 이야기가 나온다. 매실은 점핵성(粘核性)이라 열매와 열매 껍질이 잘 분리되지 않고, 살구는 이핵성(離核性)이라 깨끗하게 분리된다는 이야기도 나온다. 매실 잎은 가장자리 톱니가 규칙적이면서 가늘고 진한 녹색을 띠고 있고, 살구 잎은 가장자리 톱니가 불규칙적이고 두꺼우며 연한 녹색을 띠고 있다는 이야기도 나온다.

간단하게 씨를 빼는 노하우 등 풍성한 대화가 잠잠해질 무렵 질문을 던진다.

"이 나무들은 모두 장미과 식물입니다. 그렇다면 장미과 꽃잎은 왜 대부분 다섯 장일까요?"

갸우뚱하는 사이 나는 손가락 하나를 폈다 오므리고, 두 개를 폈다 오므리고, 세 개를 폈다 오므리고, 다섯 개를 폈다 오므리고, 여덟 개를 폈다 오므린 다음 말한다.

"손가락이 열 개라 그 다음은 할 수가 없네요."

답이 나온다.

"피보나치 수열."

이과적 이야기가 무르익어 간다. 기실 내가 하는 이야기는 조금만 기억을 더듬으면 대략 학부 시절 배웠던 것들이다. 그것을 나는 상기시켜 줄 뿐이다.

다시 질문이 들어간다.

"그럼 꽃은 언제부터 피기 시작했을까요?"

지구상에 등장한 식물 출현 시기가 나온다.

또 질문이 들어간다.

"꽃은 어디에서 진화한 것일까요?"

다양한 이야기가 오고갈 때 매듭을 짓는다.

"찰스 다윈은 말했습니다. 꽃식물 유래는 지긋지긋하고도 지독한 수수께끼라고 말입니다."

허탈함이 밀려오는 순간 해설은 또다시 사람을 등장시켜 삶으로 끝낸다.

"여기서 우리가 기억해야 할 사람은 네 사람입니다. 먼저 학명 등 식물 분류 체계를 만들었고 꽃은 나무의 생식기관이라는 것을 밝힌 린네, 나이테를 알아챈 다빈치, 꽃은 잎이 변한 것이라고 선언한 괴테, 그리고 불후한 말년을 식물 공부로 마감한 루소입니다.

《파리식물원에서 데지마박물관까지》라는 책에 보면 이런 글이 있습니다.

'18세기를 살았던 루소는《식물 사랑》에서 식물학에 대해 다음과 같이 말했다.

(식물학은 식물의 왕국을 다루는 자연학의 한 부분이다. 이 왕국은 자연학의 세 왕국—식물학, 동물학, 광물학—중에서 가장 풍요롭고 다양한 왕국이기에 식물학은 자연에 대한 연구들 중에서 가장 근본적인 부분을 이룬다.)

식물의 날숨은 인간에게 들숨이 되고, 사람의 날숨은 식물들의 들숨이 된다. 식물과 사람 사이의 유기적 호흡 관계를 통해 우주는 날로 변화한다. 우주 속에서 식물의 영성은 인종, 국적, 계층, 성별, 연령에 관계없이 모든 사람에게 자비를 베푼다.'"

숨 가쁘다. 장소 이동 전에 호흡을 고르고 긴장을 풀 이야기를 마지막으로 나눈다.

"루소는 식물 덕후가 되었다는 것입니다. 삶이 힘들고 지칠 때 정년퇴직 후 아무도 놀아 주지 않을 때 식물에 빠져 인생을 살면 그다지 나쁘지 않을 것입니다. 오히려 새로운 생명을 얻게 될 것입니다. 그런 사람이 어디에 있을까요?"

잠시 시선이 허공을 향한다. 그럼 말한다.

"여기 저입니다. 또 제 앞에 있는 선생님들이십니다. 안 그런가요?"

겸연쩍은 웃음이 인다. 다음 장소로 이동할 에너지가 모인다.

자연 현상과
인간 현상

창경궁 동궐도 앞에 선다. 왕실 여인들의 거주 공간으로 지어졌다
가 이후 정치 공간이 되었다가 일제에 의해 우습고도 비굴하면서
도 일상의 즐거움을 준 장소로 지속되다가 나무 공부하기에 적당
한 숲으로 거듭나고 있다는 이야기를 한다. 그러고는 전복적 사고
화두를 던진다.

먼저 박상진 교수의 '창경궁의 우리 나무 이야기'를 압축해서
전달한다. 원문을 옮겨 온다.

【조선의 궁궐을 만든 사람들은 명당 사상을 기본으로 하나 더
첨가되는 원칙이 있었다. 우리와 함께하는 조경은 자연 순화
의 개념이다. 일본이나 중국처럼 철저히 인위적이거나 자연을
압도하려는 거창함이 아니라 있는 그대로의 자연을 표현하는
것이다. 단순하고 소박하면서도 결코 초라하지 않게 건물과
어울림을 한껏 고양시킨 것이 우리의 조경이다. 아울러서 지
켜지는 또 하나의 원칙이 있었다. 집안에는 나무를 심지 않은
것이다. 이는 세 가지의 이유가 있다. 첫째는 임금의 안전을 위
함이다. 나무는 임금을 해치려는 자객이 숨을 수 있는 공간을
제공하기 때문이다. 두 번째는 집안에 나무를 심으면 곤(困)이
되어 왕실이 어려움이 오고, 대문 안으로 심으면 한(閑)이 되어

왕가가 한미해진다는 생각이었다. 세 번째로는 집안에 나무를 심지 않았을 뿐만 아니라 혹시 심더라도 지붕 높이보다 더 자라는 것을 꺼렸다. 집의 정기를 나무가 빼앗아 간다고 생각한 탓이다.

조선의 궁궐은 임진왜란 때 불타 버리면서 건물이 철저히 파괴되고 자라던 나무도 거의 없어졌다. 동궐의 몇 고목나무를 제외하고는 대부분 훗날 심겨진 나무들이다. 즉 20세기 초 일본의 침략이 시작되어 의도적으로 조선왕조를 폄하할 목적으로 건물을 헐어내고 구조를 바꾸는 과정에 함부로 나무를 심었다. 가장 두드러진 나무 심기는 그들의 대표 꽃나무 벚나무를 궁궐에 들여오는 일이었다. 처음 창덕궁에 심겨지기 시작한 벚나무는 창경궁이 동물원으로 개방되면서 온통 벚나무 천지로 만들어 버렸다. 복원하면서 대부분의 벚나무는 제거되었으나 아직도 상당수가 남아 있다.】

윗글에서 "20세기 초 일본의 침략이 시작되어 의도적으로 조선왕조를 폄하할 목적으로 건물을 헐어내고 구조를 바꾸는 과정에 함부로 나무를 심었다"를 끌고 말을 이어 간다.

"창경궁에 식물원과 동물원 조성을 지시했다는 이토 히로부미는 산업혁명이 시작된 영국에 가서 공부를 한 다음 일본 근대를 이끌었습니다. 그는 유럽인들이 식물원, 동물원, 박물관을 만들면서 세계 각국의 자원을 조사하는 것을 눈여겨보았습니다. 일본으로 돌아와 이쪽 분야 활성화를 지시했습니다. 일본은 과학에 눈을 떴고, 이과 공부와 연구에 매진했습니다. 그 결과 많은 부분 우리보다 뛰어난 기술력을 지니고 있습니다.

이 대목에서 일제가 우리나라에 식물원과 동물원을 세우려는 목적이 자원 조사가 아니었을까 하는 생각을 해볼 수 있지 않을까요? 조선왕조 비하도 작동했겠지만, 수탈이 기본 동기였겠지만, 그 과정을 눈여겨보면서 이과 공부의 중요성을 알았다면 우리도 지금쯤 노벨과학상 한두 분 나오지 않았을까요?"

여기서 더 깊이 들어가면 안 된다. 실제로 이토 히로부미가 그랬는지 확인할 자료를 찾아보는 행위를 하지 않았기 때문이다. 일련의 현상을 보고 현대사에서 상대적으로 박탈당했던 이과 종사자를 되짚어보기 위한 멘트였기에 적당히 잘라야 했다. 물론 해설 마지막에 내 추론에 정서적으로 공감할 만한 팩트는 준비해두었다. 그것이 어떻게 전달되고 어떻게 새겨질지는 예상할 수 없지만 말이다.

《두뇌보완계획 100》 머리말에 나오는 글이다.

【몇몇 자연주의자들은 자연 스스로 보완하며 오류를 고친다고 말합니다. 하지만 자연은 인자하지 않습니다. 자연은 정서를 갖지 않습니다. 자연은 한 사건이 잘못된 사건이라고 평가하지 않습니다. 자연은 자신이 오류를 저지른다고 인지하지 않으며 오류 자체를 인정하지도 않습니다. 엄밀히 말해 자연은

결코 오류를 저지르지 않습니다. 자연에는 오직 작용과 반작용, 자극과 반응, 입력과 출력만이 있을 뿐입니다. 질병, 고장, 오차, 기능장애, 실수, 오작동, 오류, 착오, 착각, 환각, 환상 등과 같은 개념은 자연에 기능과 목적을 부여하는 우리의 명제 태도들에서 나온 것입니다. 오직 명제 태도를 가진 존재들만이 오류 개념을 가질 수 있습니다. 오류라는 현상은 자연 현상이 아니라 인간 현상입니다.】

자연에 끊임없이 변조를 가해 지구를 위기로 몰아넣는 서구식 경제성장이 옳지 않다는 게 입증되고 있지만, 즉 자연에 대해 서구인들이 만들어내고 일본이 받아들인 자연 명제가 그르다고 하지만, 이 태도가 현재 우리를 만들었고 이를 벗어나는 삶을 당장 실현하기에는 여러 난제가 기다리고 있다. 이는 안정적 삶을 세팅하려는 인간 본성에서 어긋나 있다고 볼 수 있는데, 우리는 이를 인식할 뿐 대다수가 실천하기 어렵다고 생각하기 때문이다. 물론 이를 백배 공감으로 인지한 분들의 노력이 있어 생태계를 지키려는 명제도 같이 가고 있다.

다음으로 오류의 문제인데, 이는 내가 누누이 말했지만 인간은 가치관에 따른 각자의 모습이 있을 뿐이지 서로의 의견이 오류라고 판명할 수 있는 근거는 실제로 실체가 없다. 당면 현상에 대한 본질적 접근을 통한 명제 정의 즉 논리만 있을 뿐이다. 그렇기 때문에 과도해 보일지 몰라도, 어처구니가 없을지 몰라도 무언가를 확 뒤집는 전복적 사고를 통한 인식 발전은 필요하다고 본다. 그것만이 우리 세상의 참모습을 밝힐 수 있는 유일한 키워드이기 때문이다.

전문 용어와
일상 용어

박문호의《생명은 어떻게 작동하는가》에 나오는 글이다.

【과학은 과학 용어로 표현된다. 과학 용어는 엄밀하게 정의되며 교과서와 과학 논문에만 주로 등장한다. 교과서를 읽는 사람은 드물다. 그래서 과학 용어는 전문가들만 주로 사용한다. 연구자들도 논문이나 보고서를 작성할 때만 과학 용어를 사용하며, 대부분 일상 용어만 사용한다. 그래서 과학 용어는 익숙하지 않고 생소하다. 과학 용어가 생소하기 때문에 사람들은 과학 내용도 일상 용어로 표현하길 원한다. 하지만 일상 용어로 '나무'라고 아무리 말해봐도 나무를 구성하는 세포가 보이지 않는다. 그래서 관다발 형성층, 물관, 체관, 셀룰로오스, 리그닌이 느껴지지 않는다. 마찬가지로 별을 아무리 '별'이라 불러도 핵융합, 별의 중력 수축, 초신성 폭발, 성간분자가 전혀 보이지 않는다. 그래서 과학 공부는 과학 용어에 익숙해지는 언어 훈련이다. 자연 현상을 원자와 분자가 아닌 일상 용어로

아무리 설명해도 그것은 하나의 비유일 뿐이다. 일상 용어는 익숙해서 잘 기억된다. 과학적 내용을 일상 용어의 비유로 설명하면 비유만 기억된다. 비유는 사실 자체가 아니라 사실을 지시하는 수단이다. 비유로 설명 가능한 세계가 일상 용어의 세계이다. 비유는 실체에 대한 지시 작용을 할 뿐 세계 자체는 아니다.】

이 글에서 두 가지를 생각해 볼 수 있다. 먼저 해설은 과학 용어 즉 전문 용어로 해야 하느냐, 친근한 일상 용어로 해야 하느냐에 대한 견해다. 다음으로 비유 즉 은유나 직유로 대변되는 비유는 꼭 필요한 것이냐에 대한 판단이다.

보통 해설가라고 하면 특정 영역에 대한 전문가는 아닐 수도 있다. 여기서 말하는 전문가는 관련 저서가 있거나 박사 학위 소지자를 일컫는다. 해설가는 일정 기간 전문가로부터 교육을 받고 시연 과정을 거쳐 사람들 앞에서 특정 시공간에서 특정 내용을 전달하면 자신의 역할을 다하는 것이다. 좀더 심도 있는 해설을 하겠다면 관련 공부를 더 깊게 하면서 스토리를 다듬어 나가면 된다.

이때 관련 공부는 전문가들의 텍스트에 의존할 수밖에 없다. 그러면서 대부분 결론을 내리기를, 어려운 내용을 쉽게 풀어 해설을 해야 한다고 생각한다. 가급적 처음 듣는 사람들도 금방 이해할 수 있는 용어를 사용하면서 말이다. 하지만 나는 이와 의견이 다르다. 전문 용어와 일상 용어에 대한 기준이 사람마다 다르기 때문이다. 자기가 소화했다고 판단한 내용들은 소화한 대로, 그렇지 않고 어렵다고 느낀 부분들은 어려운 대로 나름의 스토리를 만들어 해설하면 된다고 생각한다.

창경궁 동궐도를 떠나 이과 이야기를 주로 하겠다고 선언한 춘당지 쪽으로 이동했다. 소나무와 백송이 우리를 맞이한다. 여기서 무슨 이야기를 할 수 있을까? 이 나무들에 대해서는 이미 다른 곳에서 이야기를 했는데 말이다. 그래서 만들어낸 스토리가 열매에 관한 것이었다.

소나무 열매와 백송 열매가 눈에 띄면 주운 다음 서로 비교해 보면서 말문을 연다.

"솔방울 포린 안에 씨가 들어 있습니다. 백송 실편에는 돌기 같은 가시가 나 있는 게 솔방울과 다른 점입니다."

여기까지는 용어 사용이 다를 수 있지만 일반적인 해설이다. 그런데 나는 여기에 이렇게 덧붙인다.

"열매 모양이 둥글다고 해서 구과(毬果)라고 부릅니다. 공 구(毬) 자를 쓰는 것이지요. 그럼 열매 모양에 따른 분류를 볼까요?"

자료를 펼치고 쭉 훑어 나간다. 이해를 위해 인터넷에서 검색한 것을 조합해 본다.

【 - 견과(堅果, nut) : 흔히 딱딱한 껍질인 깍정이에 싸여 있는데, 밤과 도토리처럼 보통 1개의 씨가 들어 있는 열매.

- 골돌(蓇葖, folicle) : 단단하며, 1심피로 되고, 익으면 한 개의

봉합선 쪽이 터져 씨가 쏟아짐. 목련, 작약 등.

- 구과(毬果, cone) : 소나무과 식물의 열매. 목질의 비늘 조각이 여러 겹으로 포개져서 구형이나 원추형으로 되어 있다. 솔방울, 잣송이 등.

- 삭과(蒴果, capsule) : 다심피로 구성되어 있으며 껍질이 말라 2개 이상의 봉선을 따라 터지면서 씨를 퍼뜨리는 열매. 벽오동, 무궁화 등.

- 수과(瘦果, achene) : 한 열매에 한 개의 씨가 들어 있고, 껍질이 얇은 막질에 싸이며, 씨는 과피로부터 떨어져 있음. 메밀, 민들레 따위.

- 시과(翅果, samara) : 껍질 즉, 자방 벽이 늘어나 날개 모양으로 달려 바람에 흩어지기 편리하게 된 열매. 단풍나무, 물푸레나무 등.

- 이과(梨果, poem) : 꽃받침이 발달하여 육질로 되고, 심피는 연골질 또는 지질로 되며, 씨가 다수인 열매. 매자나무, 배나무 등.

- 핵과(核果, drupe) : 다육으로 된 과피를 지닌 열매로서, 속에 단단한 내과피가 씨를 둘러싸고 있음. 대추나무, 층층나무 등.

- 협과(莢果, legume) : 콩과 식물의 꼬투리에서 보듯 2개의 봉합선을 따라 터지는 열매. 아까시, 회화나무 등.】

여기서 그치지 않는다. 질문이 들어간다.

"종자는 무엇이고, 열매는 무엇일까요?"

의견이 나오면 정리한다.

"종자는 밑씨가 자라서 된 것이고, 열매는 씨방이나 꽃의 여러 부분이 변한 것입니다."

그러고는 열매 구분 방법에 대해 또 훑는다. 인터넷 자료이다.

【① 단과(單果) : 1개의 암술을 가지는 꽃에서 많이 있으며, 열매는 주로 씨방이 발달한 것이다. 복숭아 · 콩 · 밀감 · 망고 · 감 · 토마토 · 피망 등이 있다.

② 복합과(複合果) : 2개 이상의 이생(離生) 암술을 가지고 있어 1개의 꽃에서 복수의 열매가 생긴다. 으름 · 연꽃 · 장미 · 나무딸기 등이 있다.

③ 집합과(集合果) : 겉보기로는 1개의 열매처럼 보이지만 다수의 꽃에서 성숙한 열매가 조밀하게 집합한 것. 뽕나무 열매 (오디) · 아나나스 · 무화과 · 파인애플 등이 있다.】

슬슬 머리가 아파 온다. 생물 시간이 돌아온 것 같다. 질문을 바꾼다.

"과일은 무엇이고, 채소는 무엇인가요?"

의견이 나오면 정리한다.

"과일은 나무에서 나는 과실이고, 채소는 밭에서 채취한 초본 식물 열매이지요."

질문은 점점 더 일상생활로 접근해 온다.

"수박은 과일인가요, 채소인가요?"

의견이 나오면 이렇게 정리한다.

"채소는 일년생 식물 열매이고, 과일은 다년생 식물 열매입니다. 그래서 식물학적으로 보면 수박은 채소이지만, 생김새가 그렇지 않아 문화적으로 과일이라고 부릅니다."

이런 해설이 이과적 해설인지 명확히 모른다. 그저 내 기준을 삼아 진행했을 뿐이다.

공부를 위해 박문호의 《생명은 어떻게 작동하는가》에 나오는 글을 또 보자.

【사실은 스스로 많은 말을 한다. 사건과 사실을 시간 순서로 나열하면 인과관계가 드러난다. 그래서 사실은 그 자체로 설명이다. 자연 현상이든 역사적 사건이든 사실(fact)을 잘 모르기 때문에 의견과 느낌으로 사실을 대신하게 된다. 자연 현상에 대해 아는 사실이 많으면 사실만 나열해도 실체가 드러난다. 사실을 조금 알면 약간의 추측을 동원하여 이야기를 지어낸다. 전혀 사실을 모르면 그 현상에 대해 애매한 느낌을 말하는 법이다. 하지만 자연과학은 실험으로 검증된 사실들의 집합이다. 유전 현상에 대한 많은 관찰적 사실이 DNA 발견으로 이어진다. 천체의 움직임에 대한 오랜 관측 결과로 행성의 운동 법칙이 만들어졌다. 자연 현상에 관한 법칙은 많은 관찰된

사실들의 공통점을 하나의 문장이나 수식으로 표현한다.】

이 글에서 "자연 현상에 대해 아는 사실이 많으면 사실만 나열해도 실체가 드러난다"에 주목해 보자. 사실 나열을 위해 전문가들이 만든 용어를 쓰는 것이 문제가 될 수 있을까? 구과, 삭과, 협과, 단과, 집합과 등을 쓰면서 우리 삶으로 열매를 끌어들이며 목본과 초본을 공부해 나가고, 이를 통해 열매 하나에도 무궁무진한 갈래가 있다는 것을 보여준 스토리 전개, 문과인 내가 최대한 고안해낼 수 있는 것이었다.

의견이나 느낌은 가급적 빼고 사실만 나열해 가는 것, 실제로 내게는 무척 힘든 일이었다. 가장 좋은 문장은 묘사가 뛰어난 글이어야 한다는 강박 관념을 버릴 수 없는 작가로서 팩트 열거는 밋밋할 수밖에 없었기 때문이다. 하지만 자연 이해는 사실 나열이 가장 적합하다는 걸 알아가는 순간 사물 해석 방식은 일상 용어보다 적절한 전문 용어 사용이, 비유보다 있는 그대로를 말해 주는 것이 나아 보였다.

이 간극의 차이를 줄이는 것이 감정을 과도하게 표현하려고 했던 지난날의 내 군더더기들을 싹 거두는 것이라고 생각했다. 지난한 노력을 위해서는 난독 중의 난독인《식물의 역사》나《수목생리학》등 이과 책을 열심히 보는 수밖에 없었다.

백송을 보고 난 뒤 내가 했던 이야기들은 대략 이렇다. 통상 많이 하는 이야기는 생략하고 이과 관련만 언급한다.

층층나무 앞에서는 층층나무, 말채나무, 곰의말채나무를 비교 해설했다. 잎을 주운 다음 층층나무 측맥은 8~9개, 말채나무 측맥은 4~5개, 곰의말채나무 측맥은 6~10개라고 말했다. 그러고는 층층나무는 4월에서 5월에 꽃이 피고, 말채나무는 5월 말에 꽃이 피고, 곰의말채나무는 6월 중순에 꽃이 핀다고 덧붙였다. 수피와 열매의 차이에 대해서도 있는 그대로 해설했다.

창경궁이 자랑하는 느티나무와 회화나무 연리지 앞에서는 회화나무 열매 추출물은 이소플라본의 일종인 '소포리코사이드' 성분이 풍부해서 갱년기 여성에게 좋은 것으로 알려졌다는 것, 느티나무의 심재 성분인 7-하이드록시-3-메톡시-카달렌카달렌을 유효 성분으로 함유하는 항암제로 특허를 취득했다는 자료를 인용했다.

함박꽃나무, 음나무 앞에서는 이과적인 이야기를 마련하지 못해 일반 이야기만 하고 돌배나무 앞에 섰다. 우리가 지금 먹는 배는 일본이 거의 개량한 종들이고, 조선 시대 조상들은 돌배, 산돌배, 콩배를 주로 먹었다고 언급하고는 꽃차례 이야기로 넘어갔다.

식물학백과를 옮겨 온다.

【꽃차례(inflorescences, 花序)

꽃차례는 화서축에 달린 꽃의 배열 또는 1개 이상의 꽃들이 모여 있는 상태를 말한다. 꽃이 변형된 유한생장성 슈트에서 기원한 것을 고려할 때, 꽃차례는 꽃을 배열하기 위해 변형된 슈

트계로 해석한다.

- 무한꽃차례 : 화서축의 정아가 계속 성장하며 꽃이 밑(기부)에서 위로 피어 올라가는 꽃차례를 말하며 애기장대, 배추 등이 속한다. 꽃의 배열에 따라 총상꽃차례, 수상꽃차례, 산방꽃차례, 산형꽃차례, 미상꽃차례, 육수꽃차례, 두상꽃차례 등으로 나뉜다.

- 유한꽃차례 : 화서축의 끝이 꽃이 되어 가장 먼저 피기 때문에 화서축의 성장이 정화의 개화와 더불어 중단되는 꽃차례로 개망초 등이 유한꽃차례로 꽃핀다. 취산꽃차례, 배상꽃차례 등의 꽃차례가 이에 속한다.】

다양한 꽃차례 모양을 그림으로 보여주고는 산방꽃차례에 대해서만 덧붙였다.

"콩배나무는 산방꽃차례입니다. 줄기에 꽃자루가 총상꽃차례와 마찬가지로 아래에서 위로 순차적으로 달리지만, 꽃자루의 길이는 아래에 달리는 것일수록 길어져서 꽃의 위치가 아래쪽에서 편평하고 고르게 됩니다. 다음으로 미나리과 식물에서 많이 보이는 산형꽃차례가 있습니다. 꽃대의 꼭대기 끝에 여러 개의 꽃이 방사형으로 달린 무한꽃차례의 하나입니다. 그런데 산방(繖房)의 繖도 우산 산이고, 산형(傘形)의 傘도 우산 산입니다. 왜 그런지 저는 모릅니다만, 이를 보면서 꽃차례 즉 화서라는 이름들을 보면 상당히 어렵습니다. 아마 일제강점기에 들어온 일본 식물학자들의 입김이 여전히 사라지지 않은 것 같습니다."

자리를 옮겨 뽕나무 앞에서는 일단 강판권의《나무열전》에 나오는 글을 이야기한다. 옮겨 온다.

【뽕이 무슨 뜻인지 아직 모릅니다. 갑골문에 등장하는 이 글자는 가지가 부드러운 모습을 본뜬 것입니다. 그러나 식물 관련 책에서는 뽕나무의 한자를 오디가 달린 모습이라고 풀이하고 있습니다. 우리나라 식물학자들은 어디서 그런 뜻을 찾았는지 궁금합니다. 뽕나무를 의미하는 상(桑)은 집에서 기르는 뽕나무이고, 산에서 자라는 뽕나무의 한자는 자(柘)입니다. 이 글자는 산뽕나무가 돌이 많은 곳에 살아서 만든 것입니다.】

그러고는 오디 성분을 가지고 말했다. 몸에 좋다는데 어떤 성분 때문인지 그 용어를 언급해 보았다. 루틴, C_3G, 비타민B, 비타민C, 레스베라트롤, 데옥시노지리마이신(DNJ), 칼슘, 칼륨, 포도당, 과당, 시트르산, 사과산, 타닌, 펙틴, 인, 철 등이다. 이어 질문을 던진다.

"왜 오디는 검붉은색을 띨까요?"

"안토시아닌"이라는 대답이 나온다. 그럼 또 질문을 던진다.

"안토시아닌 화학 구조식은 어떻게 되나요?"

할 말을 잃는다. 그러면 슬쩍 보여주면서 도식에 있는 'R'은 무엇인지 또 묻는다.

"펠라르고니딘(pelargonidin)입니다. 식물에서 붉은색이나 주홍색을 띠는 안토시아닌계의 색소 물질입니다."

어안이 벙벙해진다. 숲에서 지금 무슨 이야기를 하느냐는 식이다. 여가 나들이 혹은 숲 공부가 아니라 학창 시절로 돌아간 것 같다. 하기 싫은 공부를 억지로 해야 했던 그 답답한 때 말이다.

이제 정리를 한다.

"잎이 공기에서 무얼 흡수하죠? CO_2죠. 뿌리가 땅에서 무얼 빨아들이죠? H_2O죠. 이 둘이 광합성 작용을 통해 무엇이 만들어지죠? 네, 탄수화물 즉 포도당이죠. 우리 생명의 시작입니다. 이를 화학식으로 나타내면 '$6CO_2+6H_2O=C_6H_{12}O_6+6O_2$'가 되지요. 학교 다닐 때 배운 것 이제 기억나시겠죠? 이과 공부, 좀 어려운가요?"

그렇다고 고개를 끄덕이지만, 이과 출신들은 기억이 새록새록 나며 즐거워했을지도 모른다. 수식으로 화학식으로 세상을 인식하는 기쁨을 나만 모르고 살았으니까 말이다.

이후 까치박달, 다릅나무, 서어나무, 황벽나무를 보고는 춘당지 역사를 말한 다음 세 그루 백송을 지나 물가 옆 버드나무 아래 선다. 버드나무 잎을 주운 다음 이렇게 말한다.

"혹은 이 잎을 바가지에 담아 주고 싶었던 사람이 있었나요?"

질문에 대한 짐작을 하면서 있다, 없다 대답이 오면 이렇게 말한다.

"아직 없었다면 꼭 하셔서 좋은 사랑을 맺으시길 바랍니다. 그러면 아마 왕비나 '맹진사댁 경사'처럼 부잣집 며느리가 되었을 겁니다."

웃음을 보이면 시선을 돌려 연못을 바라본다.

"무슨 생각이 드시나요? 오리배 타기? 거기서 사랑을 속삭이기? 또 무엇이 있을까요?"

참가자들을 보며 말한다.

"연못을 바다로 여기고 진화에 대해 생각해 보겠습니다. 바다는 이미 생태계 조성이 끝났습니다. 그렇다면 육지는 어떻게 해서 생물들이 살기 시작했을까요?"

여러 대답들이 오간다. 정리를 한다.

"네. 알기 어렵습니다. 그럼 우리에게 필요한 산소는 나무만 만들까요?"

'바다가 70퍼센트, 숲이 30퍼센트'라는 답이 나온다. 그럼 이런 말을 한다.

"그래서 물가에서 술을 마시면 취하지 않습니다."

분위기가 좋아진 이곳에서 마지막 이야기를 한다. 역시 해설 내용을 우리 삶으로 이끌어 오기 위한 것이다.

"바다에 어린 물고기가 있었습니다. 어느 날 육지에 올라온 뒤 바다로 돌아가지 않았습니다. 엄마 물고기가 '어디 가느냐?' '돌아오라'고 해도 육지로 휭 내뺐습니다. 왜 그랬을까요?"

여러 의견이 오간다.

"엄마 잔소리를 더는 견디기 힘들었기 때문입니다. 즉 엄마 잔소리가 오늘날 육지 생물을 만들었습니다."

고개를 끄덕이는 참가자, 그저 재미있는 이야기로 받아들이는 참가자, 그런가 보다 하는 참가자들과 함께 말채나무, 참나무를 지나 마지막 지점인 식물원 앞에 섰다.

그곳에서 나는 《파리식물원에서 데지마박물관까지》 뒤표지 카피인 '먼저 식물원과 자연사박물관으로 가라', '여행자는 모름지기 식물학자라야 한다'를 읽어 주고는 그 책의 내용을 풀어서 말한다. 창세기의 핵심어는 에덴동산이고, 이를 지구상에 만든 게 식물원이고, 흑사병으로 고통을 겪던 중세사회가 약용 식물들을 알게 되면서 르네상스 시대에 본격적으로 식물원이 들어섰다는 것 말이다.

이제 눈에 보이는 것들에 대한 해설은 끝났다. 두 시간에 걸쳐 이야기한 이과 내용을 정리해야 한다. 과감히 말한다.

"예전에 우리 사회는 좋은 간판을 달기 위해 농과대에 갔습니다. 물론 원해서 가는 분들도 있었지만, 사회 분위기는 그렇지 않았습니다. 식량 자원이나 식물 자원을 중요시하면서도 그곳 종사자는 법복을 입은 사람이나 재벌들이나 관료들 아래에 있었습니다. 문과가 대우받던 시절이었습니다. 하지만 이제는 세상이 많이 바뀌었습니다. 식량 안보가 대두되었습니다. 식물에서 항암제를 열심히 찾아내고 있습니다. 숲만이 지구를 살린다며 숲 연구에 많은 투자를 하고 있습니다.

그렇지만 지난날의 아픈 역사는 지울 수 없습니다. 개나리, 수수꽃다리, 금강초롱꽃 등 한반도 자생식물 327종에 나카이라는 일본 식물학자 이름이 학명에 들어가 있습니다. 우리가 나무에 성리학적 시선을 던지며 수양에 몰두했을 때 일본인들은 식물 연구를 통해 근대를 만들고 식민지 통치를 했습니다. 식물 연구라는 게 알고 보니 쪼개고 쪼개고 쪼개 분자 단위 아니 그 이상까지 들어간다는 걸 알게 되었습니다. 나무 생리를 정확히 모르고 과도한 감정이입만 한 게 문제가 있다는 걸 알게 되었습니다. 이제라도 나무를 분자식으로 들여다보는 공부를 게을리 하지 않아야겠습니다. 그래야만 우리가 일본을 넘어설 수 있지 않을까요?"

말을 던지고도 난감했다. 과연 나는 이과 공부를 열심히 할 것인가? 관련 책을 보고는 있지만, 어려우면 깊이 생각하지 못하고 눈으로 발라 갈 뿐이지만, 그래서 분자식을 이해는 할까? 그래도 나는 전문 용어 습득에 더 심혈을 기울일 것이고, 그걸 해설 현장에서 필요한 순간마다 막힘없이 쏟아낼 것이다. 전문 용어가 잘 전달되려면 흐름이 부드럽고도 강렬한, 가볍고도 묵직한 스토리 구성이 필요충분조건인데, 이를 위해서는 늘 말하지만 공부 이외에는 달리 방법이 없다. 그렇게 달려가는 수밖에 없다.

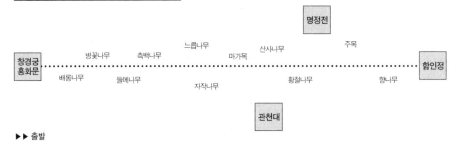

▶▶ 출발

장소의
사회적 통념을 바꾸어라

창경궁 궐내각사 방면은 정문에서 왼쪽이다. 그곳 동궐도 옆 평상에 참가자들을 앉혀 놓고 해설을 시작한다. 춘당지 쪽과 마찬가지로 '두 개의 시선'에 대한 이야기로 어색한 분위기를 일소한 뒤 동궐도로 가기 전 새로운 내용을 추가한다.

"사람과 동물의 차이에 대해서 말씀해 주세요."

여러 의견이 나온다. 내 이야기로 정리를 한다.

"오래전 유럽에서 온 분들에게 오두산통일전망대와 임진각을 안내한 적이 있습니다. 그들에게 '사람과 동물의 차이에 대해서 말씀해 주세요'라는 질문을 던졌습니다. 3분간 침묵이 이어졌습니다. 당황한 나는 준비한 이야기를 얼른 꺼냈습니다. 개미들과 사람만 같은 종(種)끼리 패를 나누어 전쟁을 한다는 것 말입니다.

이동 중간에 통역사에게 물었습니다. 왜 그랬는지 참을 수가 없었습니다. 알고 보니 그들은 내가 던진 질문을 받아 본 적이 없답니다. 찰스 다윈 이후로 사람도 동물도 다 같은 선에서 출발했다고 보기 때문입니다."

이 이야기를 왜 꺼냈을까? 이유는 궐내각사 터에 동물원이 있었기 때문이다.

"일제가 순종을 위로하기 위해 만들었다는 동물원이 1983년까지 이곳에 있었습니다. 궁극 목적은 조선을 무너뜨리는 것이었겠지요. 그런 의도가 있었다면 우리는 동물원에서 즐겁게 놀면 안 되었을 것입니다. 일본인이 좋아하는 사쿠라 밑에서 미어터지게 벚꽃놀이에 흥청거리면 안 되었을 것입니다. 하지만 현실은 달랐습니다. 1959년 4월 벚꽃놀이에는 한 달간 150만 인파가 모였답니다. 쓰레기는 500트럭분이 나왔고, 미아는 900명이 발생했답니다. 이는 인간적 삶인가요, 동물적 삶인가요?"

분위기가 험악해지는 걸 막기 위해 내 이야기를 또 꺼낸다.

"저도 중고등학교 때 멀리 인천에서 이곳 창경원에 놀러왔습니다. 아무 생각 없이 즐겁게 놀다 갔던 것 같습니다. 임금만 놀았던 궁에 백성이 들어와 노는 게 나쁘지 않았습니다."

일본 철학자 나카무라 유지로는《공통감각론》에서 '장소의 사회적 통념'이라는 말을 했다. 근대 사회 이전 우리는 "오감(五感)의 형성은 현재까지의 전 세계사를 통틀어 뛰어난 작품이다"라고 한 마르크스의 말처럼 오감 위주의 삶을 살았는데, 서양은 감각 통합을 거세하고 시각 위주의 세상을 만들었다는 것이다. 이러한 내용을 봉건과 근대의 변별점인 창경궁에서 나누고 싶어 시작을 좀 세게 했던 것 같다. 즉 궁에서 동물원으로 그리고 이제 숲으로 조성된 이 장소의 사회적 통념에 새로운 의미 부여가 일어날 수 있도록 참가자가 직접 참여하는 오감 수업이 되었으면 하는 것이었다.

7월이라 붉은 꽃이 만개하고 있는 배롱나무 앞에 선다.

먼저 내가 시를 읽는다.

어제 저녁에 꽃 하나 지더니(昨夕一花衰)

오늘 아침에 꽃 하나가 피었네(今朝一花開)

서로 백 일을 바라볼 수 있으니(相看一百日)

너를 상대로 술 마시기 좋아라(對爾好銜杯)

사육신의 한 명인 성삼문의 '백일홍' 시다. 조선 양반의 풍류를 언급하고는 여기서 '백 일'을 언급한다. 1백 일 동안 꽃이 피고 지는 배롱나무의 특징을 말하기 위해서다.

다음은 참가자에게 준비해 간 시를 읽게 한다. 이성복의 '그 여름의 꽃'이다.

　그 여름 나무 백일홍은 무사하였습니다. 한 차례 폭풍에도 그
다음 폭풍에도 쓰러지지 않아 쏟아지는 우박처럼 붉은 꽃들을 매
달았습니다.

　그 여름 나는 폭풍의 한가운데 있었습니다. 그 여름 나의 절망
은 장난처럼 붉은 꽃들을 매달았지만 여러 차례 폭풍에도 쓰러지
지 않았습니다.

　넘어지면 매달리고 타올라 불을 뿜는 나무 백일홍 억센 꽃들이
두어 평 좁은 마당을 피로 덮을 때, 장난처럼 나의 절망은 끝났습
니다.

　느낌을 묻고는 "피로 덮을 때"를 주목하게 한다. 배롱나무의 꽃
색깔을 인상 깊게 남기기 위해서다.
　마지막으로 홍성운의 '배롱나무'를 또 참가자에게 읽게 한다.

　길을 가다 시선이 멎네
　길모퉁이 목백일홍
　품위도 품위지만 흔치 않은 미인이다. 조금은 엉큼하게 밑동

살살 긁어주면 까르륵 까르르륵 까무러칠 듯 몸을 떤다. 필시 바람 때문은 아닐 거다. 뽀얀 피부며 간드러진 저 웃음, 적어도 몇 번은 간지럼 타다 숨이 멎은 듯

그 절정 어쩌지 못해
한 백여 일 홍조를 떤다.

배롱나무 하면 간지럼 나무라고 습관처럼 나오는 대목을 이야기하기 위해 준비한 시다. 질문이 들어간다.

"이 시에서 '몸을 떤다. 필시 바람 때문은 아닐 거다'에 주목해 보겠습니다. 맞을까요? 틀릴까요?"

여러 의견이 나온다. 직접 배롱나무 가지에 다가간다. 그러고는 말한다.

"간지럼을 타듯 흔들리고 있나요? 이 부분이 너무 궁금했습니다. 그래서 자료를 뒤적거려 보았는데 '진동에 의한 파동으로 흔들리는 것이 아닐까'라는 대목이 눈에 들어왔습니다. 즉 제가 이 나무에 가는 순간 공기 입자가 물결처럼 흘러갔을 것이고, 그 힘에 의해 나뭇가지가 흔들리는 것 아닐까요? 그러니까 굵은 줄기가 아니라 가느다란 줄기를 살살 긁어 주면 여느 나무도 흔들리지 않을까요?"

여기서 의견이 둘로 나뉜다. 내 말처럼 바람 때문이라는 것, 배

롱나무라서 간지럼을 탄다는 것 말이다. 정리 멘트를 한다.

"감정 이입을 언어로 표현하는 시라고 하더라도 과학에 근거한 팩트 파악은 필요하다고 생각합니다. 나무는 사람처럼 신경계에 의해 움직이는 게 아니라 기관별로 분포하고 있는 호르몬으로 생리 작용을 할 뿐입니다. 물론 이를 알고도 시를 썼을 수도 있습니다. 그것까지 제가 파악할 수는 없습니다. 다만 문과적 작업이라 할 수 있는 시를 쓸 때에도 이과적 공부는 반드시 동반되어야 할 것입니다. 사실을 잘 알면 잘 알수록 정확하고도 깊은 울림이 있는 표현들이 나오지 않을까요?"

병꽃나무를 잠시 둘러보고는 들메나무 앞에 선다. 백석의 시 '남신의주 유동 박시봉방(南新義州柳洞朴時逢方)'을 참가자에게 읽게 한다.

어느 사이에 나는 아내도 없고, 또,
아내와 같이 살던 집도 없어지고,
그리고 살뜰한 부모며 동생들과도 멀리 떨어져서,
그 어느 바람 세인 쓸쓸한 거리 끝에 헤매이었다.
바로 날도 저물어서,
바람은 더욱 세게 불고, 추위는 점점 더해 오는데,
나는 어느 목수(木手)네 집 헌 삿을 깐,
한방에 들어서 쥔을 붙이었다.

이리하여 나는 이 습내 나는 춥고, 누긋한 방에서,

낮이나 밤이나 나는 나 혼자도 너무 많은 것같이 생각하며,

딜옹배기에 북덕불이라도 담겨 오면,

이것을 안고 손을 쬐며 재 우에 뜻 없이 글자를 쓰기도 하며,

또 문 밖에 나가디두 않구 자리에 누워서,

머리에 손깍지 벼개를 하고 굴기도 하면서,

나는 내 슬픔이며 어리석음이며를 소처럼 연하여 쌔김질하는 것이었다.

내 가슴이 꽉 메어 올 적이며,

내 눈에 뜨거운 것이 핑 괴일 적이며,

또 내 스스로 화끈 낯이 붉도록 부끄러울 적이며,

나는 내 슬픔과 어리석음에 눌리어 죽을 수밖에 없는 것을 느끼는 것이었다.

그러나 잠시 뒤에 나는 고개를 들어,

허연 문창을 바라보든가 또 눈을 떠서 높은 턴정을 쳐다보는 것인데,

이때 나는 내 뜻이며 힘으로, 나를 이끌어 가는 것이 힘든 일인 것을 생각하고,

이것들보다 더 크고, 높은 것이 있어서, 나를 마음대로 굴려 가는 것을 생각하는 것인데,

이렇게 하여 여러 날이 지나는 동안에,

내 어지러운 마음에는 슬픔이며, 한탄이며, 가라앉을 것은 차츰 앙금이 되어 가라앉고,

외로운 생각만이 드는 때쯤 해서는,

더러 나줏손에 쌀랑쌀랑 싸락눈이 와서 문창을 치기도 하는 때도 있는데,

나는 이런 저녁에는 화로를 더욱 다가 끼며, 무릎을 꿇어보며,

어니 먼 산 뒷옆에 바우 섶에 따로 외로이 서서,

어두워 오는데 하이야니 눈을 맞을, 그 마른 잎새에는,

쌀랑쌀랑 소리도 나며 눈을 맞을,

그 드물다는 굳고 정한 갈매나무라는 나무를 생각하는 것이었다.

호흡이 길어 나누어서 읽고는 내가 말한다.

"왜 들메나무 앞에서 이 긴 시를 읽었을까요? 백석 시를 좋아하는 분들이 이 시에 등장하는 '갈매나무'를 직접 찾아보았습니다. 그런데 드물게 있다는 것만 맞을 뿐 높은 곳에 곧게 자란다는 이미지와 맞지 않았습니다. 음식과 나무를 정확히 표현한 백석이기에 의문은 커졌고, 그래서 아마 들메나무를 갈매나무로 잘못 인식하지 않았을까 하는 추측을 하고 있습니다."

나는 왜 이런 시도를 했을까? 들메나무를 더 오래 기억하기 위해서다.

측백나무 앞에 선다. 사람들이 가장 많이 이야기하는 편백, 화

백의 차이를 나도 말한다. 잎의 숨구멍이 모여서 나타나는 줄 모양의 기공조선(氣孔條線)이 Y자면 편백, W자면 화백이라는 것 말이다. 그러고는 갑자기 종교를 묻는다. 불교 신자가 있으면 그분에게 시선을 맞추고 측백나무 잎을 들어 보인다.

"아, 염화시중(拈華示衆)."

답이 나오면 묻는다.

"달마가 동쪽으로 간 까닭은 무엇일까요?"

여러 의견이 나온다. 그럼 다음 이야기로 넘어간다. 인터넷 글을 옮겨 온다.

〖이때 한 스님이 조주스님께 물었다.

"여하시조사서래의(如何是祖師西來意, 조사가 서쪽에서 오신 뜻이 무엇입니까?)"

조주스님이 말했다.

"정전백수자(庭前柏樹子, 뜰 앞의 잣나무니라)!"

"화상께서도 경계(境界)를 써서 응하지 마십시오!"

조주스님이 말했다.

"산승은 경계를 써가면서 응하지 않느니라."

스님이 조주스님께 다시 물었다.

"여하시조사서래의(如何是祖師西來意, 조사가 서쪽에서 오신 뜻이 무엇입니까?)"

조주스님이 말했다.

"정전백수자(庭前柏樹子, 뜰 앞의 잣나무니라)!"】

선문답을 처음 접하는 참가자들을 위해 간단히 해본다.

"선생님은 어디서 오셨습니까? 선생님은 왜 사십니까?"

난데없기에 간혹 패스하는 분들도 있지만, 열심히 응해 주는 분들도 많다. 호응이 끝나면 내게도 질문을 하라고 한다. 나는 이렇게 말한다.

"바람이 밀어서 왔고, 바람이 불어서 삽니다."

적당히 흉내를 내고는 강판권의 《나무열전》에 나오는 글을 공유한다. 옮겨 온다.

【측백나무(側柏--)의 한자는 우리나라 사람이 가장 오해하기 쉬운 글자입니다. 중국에서는 백자를 측백나무로 풀이합니다. 그런데 중국 원산의 측백나무를 우리나라에서는 잣나무로 풀이합니다. 중국에서도 우리나라 잣나무를 아주 높이 평가했습니다. 그래서 우리나라 잣을 조공으로 요구했습니다. 중국의 측백나무가 잣나무로 '둔갑'한 이유는 잘 모르겠지만, 우리나라에 없는 측백나무를 표현하는 과정에서 생긴 어려움 때문인지도 모릅니다.】

이 말이 사실이라면 잣나무 앞에서 '정전백수자'를 하면 안 될 것 같다. 그렇다고 측백나무 앞에서 이런 선문답을 하기도 애매하다. 요즘은 서양측백나무도 많기 때문이다. 그러고 보면 나무 공부는 참 어렵다. 관련 종사자 혹은 '덕후' 취미를 갖고 있지 않은

이상 나무에 대한 불명확한 동정 속에서 인식을 펼쳐 나간다고 봐
야 한다.

느릅나무 앞에 선다. 박목월의 '청노루'를 읽는다.

머언 산 청운사(靑雲寺)
낡은 기와집.

산은 자하산(紫霞山)
봄눈 녹으면.

느릅나무
속잎 피어나는 열두 굽이를

청노루
맑은 눈에

도는
구름.

눈도 마음도 맑아진다.
이후 죽어 가는 자작나무에 아파하고, 마가목에서 내 추억을

이야기한다.

"제가 산에 다닐 때 산행대장님이 한 나무를 가리키며 자신을 마가목이라고 했습니다. 저는 마가목이 나무라고 생각을 못했습니다. 나무에는 나무라는 이름이 붙는 걸로만 알았으니까요. 뒤늦게라도 그분을 만나면 사과를 드리고 싶습니다."

나무와 연관이 있지만, 그다지 재미없는 이야기를 꺼낸 것은 다음 코스인 산사나무에 가서 오감을 가장 크게 자극할 수 있는 이야기를 하기 위한 사전 단계였다.

산사나무 앞에 선다. 나는 그 아래로 참가자들을 끌고 간다. 산사춘, 메이플라워, 빨간 머리 앤 등등이 나오면 끝이다. 그러면 나는 2010년 장이머우 감독이 만든 《산사나무 아래》 영화 이야기를 들려준다. 문화혁명 시기 고등학생인 여주인공이 농촌으로 학습을 갔는데, 거기서 탐사단원인 남주인공을 만나 순수한 사랑을 하다가 남자는 죽고 여자는 아픈 추억을 갖는다는 내용이다. 이 영화 처음에 등장하는 마을 입구 나무가 영웅수로 불리는 산사나무이고, 마지막 자막은 이렇다.

'쩡치우는 매년 여기에 와서 제사를 지낸다.

그녀는 산사나무가 물속에서도 붉은 꽃을 피울 거라 여긴다.

아 무성한 산사나무여, 흰 꽃이 활짝 피었네, 우리들의 산사나무여, 왜 그리도 슬프게 보이는지.

나는 당신을 평생 기다리겠습니다.'

울컥해지는 순간 이런 말을 해본다.

"(나뭇가지 붙잡고 징검다리 건너는 남녀 주인공 사진을 보여주고는) 선생님은 이런 추억을 가지고 계십니까?"

여러 상황이 펼쳐진다. 다음 말을 또 해본다.

"선생님은 어디에서 첫 키스를 하셨습니까?"

황당할 듯하다. 하지만 현장 분위기는 밝다. 그 순간만은 비밀을 흘리지 않을 한 묶음의 결속된 공통 집단이기 때문이다.

"연세 있으신 선생님들은 나무 아래에서 많이 하지 않았을까요?"

풋풋 웃음이 나오면 말을 이어 간다.

"나무가 우리 삶의 큰 매개가 되어 정서적으로 순수함을 주었는데, 이제는 닫힌 공간에서 사는 시대가 된 것 같습니다."

잠시 동안 산사나무 아래에서 우리는 사랑과 역사 그리고 생태를 느껴 본다.

이제 거의 막바지다. 소나무 숲 아래 인조 잔디 축구장 같은 텅 빈 공간을 보며, 잘 자라고 있는 오래된 우리 토종 황철나무와 고목으로 보이면서도 싹을 틔우고 있는 황철나무를 비교해 보며, 느티나무 앞에 서면 숲이 끝난다. 그럼 뒤를 돌아보게 하며 묻는다.

"저 숲, 아니 저 나무들이 들어서 있는 저 공간에 뭐가 있는 것 같은가요?"

여러 의견이 나오면 또 참가자에게 시를 읽게 한다. 안도현의
'간격'이다.

숲을
멀리서 바라보고 있을 때는 몰랐다
나무와 나무가 모여
어깨와 어깨를 대고
숲을 이루는 줄 알았다

나무와 나무 사이
넓거나 좁은 간격이 있다는 걸
생각하지 못했다

벌어질 대로 최대한 벌어진,
한데 붙으면 도저히 안 되는,
기꺼이 떨어져 서 있어야 하는,
나무와 나무 사이

그 간격과 간격이 모여
울울창창(鬱鬱蒼蒼) 숲을 이룬다는 것을

산불이 휩쓸고 지나간
숲에 들어가 보고서야 알았다

익숙한 공간에 시어가 들어찬다. 감각이 새롭게 요동친다. 나
무를 본 시각이, 나무를 만진 촉각이, 지나가며 맡은 나무 냄새의
후각이, 이따금 먹어 본 열매의 미각이, 직접 읽어 보고 들은 시들
의 청각이 '장소의 사회적 통념'에 개체를 깊숙이 들여놓는다. 시
선과 관점이 잠시라도 어떤 변화의 기미가 보인다.

이때 숲 공부를 하며 연일 감동을 받는 내 삶을 참가자들 앞에
서 읊는다.

아모르 파티

짙은 그늘을 사랑했던 사춘기 시절
싸락눈 같은 글자가 심장처럼 박혀 있는
삼중당 문고판
'차라투스트라는 이렇게 말했다'를
운명처럼 읽었다
나도 이렇게 읊조리다 가면
운명이 아름다울 것 같아서
살면서 그늘이 먹장구름처럼 몰려오면

호숫가 어디선가 기침을 토하며 글을 쓰는
시인 니체가 그리워
활자 커진 그의 살려는 의지를
배우고 또 배우려고 했다
그보다 건강한 나도 살아야 할 것 같아서

먹장구름보다 더 깊은 비애가 스며든 밤이면
김연자의 살 듯 말 듯 수은등 노래를 들으며
축축 나락으로 흐르는 삶의 끈들을 길어올렸다
삶은 살아지는 것, 그것이 운명 같아서

나무 공부를 위해 추천을 받은
'나무는 나무라지 않는다'를 읽는데
"철학자 니체가 말하는 것처럼 나무는 운명을 거부하지 않고
순응하지도 않는 운명애(Amor Fati)를 몸소 실천한다", 라는 문장
을 보고는
반가운 눈물이 아침이슬처럼 맺혀왔다
니체가 나무가 되어 살아온 것 같아서

만일 니체가 지금 우리 곁에서
김연자의 아모르 파티를 들으면 어떤 표정을 지을까

고통의 육신에 웃음 바이러스가 스며들어
봄날 벚꽃처럼 화사하게 잠시라도 웃지 않을까

산다는 게 다 그런 거지
가슴이 뛰는 대로 가면 돼
삶은 그래
아모르 파티!
운명을 거부하지도 순응하지도 않는
저기 저 나무들처럼!

이제 우리가 보아야 할 나무는 주목과 향나무뿐이다. 한쪽은
고사되어 있고, 한쪽은 잎을 피우고 있는 창경궁의 자랑 주목에서
천년의 과거와 미래를 마음에 담고, 그 앞에서 잘 자라고 있는 향
나무에서 짙은 향내 나는 죽음과 삶을 다시 길어올린다. 이제 마
지막 멘트다.

"이과적 시선으로 지었다고 추론할 수 있는 식물원과 동물원
이 이제 숲으로 바뀌어 있었습니다. 이는 이과적 시선일까요, 문
과적 시선일까요?"

여러 의견이 나온다. 여기서 내 의견도 말한다.

"문과적 시선 같습니다. 이게 나쁘다는 게 아니라 기술력이 강
한 나라가 되려면, 사물의 본질을 더 정확히 알려면, 이과 공부를

더 열심히 해야 할 것 같습니다. 감사합니다.”

'그게 어려운데'라는 표정이 읽혀지지만, 이 말을 하는 내 얼굴도 그렇지만, 과학 시대를 맞이하여 과학에 근거한 지식 공부는 게을리 하지 말아야 할 것 같다. 정확성이 감동을 더 주기 때문이다.

제5강 '전복적 사고를 시도하라'를 정리해 보자.

전복적 사고는 어떻게 가능할까? 세상을 두려워하지 않는 강한 심장이 우선일 것 같다. 하지만 쉽지 않다. 나도 사실 그렇다. 대학 시절 혁명으로 나라 시스템을 근본적으로 뒤엎겠다는 시도는 했었지만, 이제는 나도 오십대 중반이다. 튀면서 살고 싶지는 않다. 그렇다고 너무 안 튀면서 살고 싶지도 않다. 그 경계의 타협이 늘 고민이지만, 자신의 생각이 조금이라도 근거가 있고 밀어붙일 만하면 일단 저지르고 보는 게 옳다고 본다. 그런 시도를 하다 어려움을 겪은 사람들 덕분에 인류는 지금의 모습을 가지고 있고, 앞으로도 그런 분들에게 많은 도움을 받을 수밖에 없다. 내가 거기에 낄 축은 못 되지만 노력은 해볼 것이다.

해설을 위한 것이든, 그 어떤 생각의 개진이든, 새로운 사고의 완성은 명제를 뒷받침하는 전제들을 끊임없이 수집하고 부지런히 사색해야만 만들어낼 수 있다. 그 과정에서 가장 중요한 게 삶을 대하는 가치관이라는 것도 잊지 않았으면 좋겠다.

제6강

해설은
참가자들이
만든다

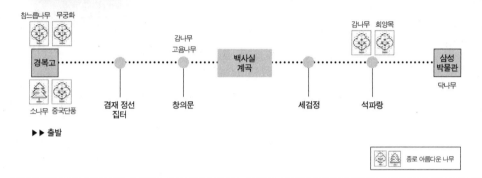

8월 코스 해설 포인트
주제: 달란트와 선물

침느릅나무 무궁화

경복고

소나무 중국단풍

▶▶ 출발

겸재 정선
집터

감나무
고욤나무

창의문

백사실
계곡

세검정

감나무 회양목

석파랑

삼성
박물관

닥나무

종로 아름다운 나무

소통 시간을
계속 늘려라

8월이 되었다. 참가자가 없을 때도 있었고, 소소하게 올 때도 있었다. 나는 주어진 일이기에 출근하듯이 그 시간, 그 자리에서 해설을 이어 갔다. 처음 기획과 달리 방학을 맞이한 경복고에서 시작하게 되어 뜨거운 여름 해설 시간이 2시간 30분을 넘어섰지만, 중순 이후 참가자도 늘고 단체 신청도 있어서 즐겁게 8월을 보낼 수 있었다.

경복고에 가면 종로구 아름다운 나무 네 그루를 만난다. 소나무, 중국단풍, 참느릅나무, 무궁화다. 이외에 은행나무, 느티나무, 측백나무 등 오래된 나무가 숲처럼 우거져 있다. 중세 대학 분위기다.

8월 코스에서 처음 만나는 소나무, 또 무슨 이야기를 해야 할까? 줄기 위쪽이 옆으로 길게 뻗어 있어 수형이 위태로우면서도 고고한 느낌을 주는 모습을 함께 보고는 곧바로 의도한 이야기를 꺼낸다.

"이곳에서 좋은 나무를 본 다음 창의문을 거쳐 백사실로 들어간 뒤 석파랑에서 일정 마무리를 합니다. 가는 길목에서 네 사람에 대해 말할 것입니다. 경복고 자리에서 태어나고 자란 겸재 정선과 사천 이병연, 백사실에 별서를 가지고 있었던 추사 김정희와 우선 이상적입니다. 이들의 키워드는 우정과 선물입니다. 선물의 내용은 달란트입니다."

그러고는 참가자들에게 묻는다.

"선생님의 달란트는 무엇인가요? 그 달란트로 누군가에게 선물을 하신 적이 있나요? 지금까지 받은 선물 가운데 가장 기억에 남는 것은 무엇인가요? 지금까지 준 선물 가운데 가장 기억에 남는 것은 무엇인가요?"

응답하는 참가자들도 있고, 그렇지 못한 참가자들도 있다. 그럴 때면 하나를 덧붙인다.

"나무와 숲이 우리에게 준 선물은 무엇인가요?"

숱한 이야기가 마구 쏟아진다. 그러면 이렇게 말한다.

"나무를 보고 느끼면서 가는 동안 선생님들의 달란트를 꼭 기억해내셔서 마지막에 공유하면 좋겠습니다."

이후 모든 지점에서 끊임없이 말을 건네며 소통을 시도했다. 걷기도 힘든 더위, 틈만 나면 물어대는 모기, 높은 습도, 이따금 뿌려대는 빗방울, 하나같이 악조건인 상황에서 일방적으로 듣는 답사는 힘겹기 때문이다. 다른 장소에서도 주고받는 소통이 항시 있었지만, 이번에는 그 시간을 더 늘리는 게 어렵게 찾아와 준 참가자들에게 감사하는 길이라고 여겼다.

중국단풍 앞에서 특징을 묻는다. 압각수, 수피가 좀 지저분해 보인다는 것, 단풍이 예쁘다는 것 등을 말해 준다. 그다음 참가자 뒤쪽에 있는 우리나라 단풍을 보게 하고는 그 차이를 다시 인식하게 한다.

참느릅나무 앞에서 특징을 묻는다. 보이는 대로 말해 준다. 황갈색 수피가 규격 지어 갈라져 있어 아름답다는 것, 잎이 작다는 것, 하늘 높이 잘 뻗어 있다는 것 등등. 덧붙여 조선 시대 화가 조속이 그린 '금궤도(金櫃圖)'를 보여주면서 한반도 식생사를 간단히 훑는다. 신라의 참나무, 고려의 느티나무, 조선의 소나무 순이다.

무궁화 앞에서 유래와 특징을 묻는다. 단군 시대, 고려 시대 이규보의 《동국이상국집》, 1896년 독립문 주춧돌을 놓은 의식에 등장한 애국가 후렴, 이후 헌법에 명기되어 있지는 않지만 상징적으로 국화(國花)가 되었다는 이야기를 하고는 이와 반대되는 경희대 강효백 교수의 주장도 덧붙인다. 논란이 있지만 기모노나 훈도시에 무궁화를 그려 넣을 만큼 무궁화를 애지중지한다는 일본인들의 무궁화 사랑 이야기다.

아는 것 같으면서 잘 모르는 게 무궁화다. 참가자들의 적극 참여를 유도하면서 무궁화 공부를 하려는 스토리를 또 펼친다.

"꽃의 4요소가 무엇인가요?"

'암술, 수술, 꽃잎, 꽃받침'이라는 대답이 나온다. 또 묻는다.

"꽃잎의 모양에 따라 통꽃과 갈래꽃이 있습니다. 해바라기는 통꽃일까요, 갈래꽃일까요?"

의견이 나뉜다. 나는 내가 본 자료에 근거해 '통꽃'이라고 말한다. 또 묻는다.

"꽃의 형태에 따라 홑꽃, 반겹꽃, 겹꽃이 있습니다. 이 무궁화는 어떤 형태인가요?"

'홑꽃'이라는 답이 나온다. 이제 본론으로 들어간다. 세계적으로 250여 품종이 있는 무궁화 중에서 우리나라가 국화로 인정하는 무궁화는 백단심계와 홍단심계라고 말이다. 백단심계는 꽃의 중심부에 단심 즉 붉은색 계통의 무늬가 있고 꽃은 하얗고, 홍단심계는 전체적으로 붉다는 것도 덧붙인다.

어지럽다. 덥다. 모기도 계속 달려든다. 농담을 날린다.

"무궁화 꽃말은 '일편단심'으로 변하지 않는 마음을 의미합니다. 그럼 조용필 노래가 바뀌어야 합니다. '일편단심 민들레야'가 아니라 '일편단심 무궁화야'라고 말입니다."

실없는 말에 웃어 주면 고마울 따름이다.

이제 '畵聖 謙齋 鄭敾(화성 겸재 정선)의 집터'가 새겨져 있는 기념비 앞에 선다. 거기에 들어앉은 '讀書餘暇(독서여가)' 그림을 보면서 말한다.

"우리 것을 우리 식으로 그리고 글을 쓰자고 한 백악사단 김창흡의 제자가 겸재 정선과 사천 이병연입니다. 겸재는 그림을 잘 그렸고, 사천은 글을 잘 썼습니다. 서로의 달란트가 달랐지요.

지금 우리가 보는 저 그림은 '겸재 자화상'이라고 되어 있는데, 자료를 보니 다른 의견이 있어 준비해 보았습니다. 그림을 자세히 보시면 세 가지 식물이 나옵니다. 향나무, 난초, 작약입니다.

〈그림 속 식물요소를 통해 본 독서여가도의 의미〉라는 논문을 보면 '첫째, 이 그림은 겸재와 사천이라는 두 노장의 건강과 안녕, 우정과 재회라는 주제를 함축적으로 담고 있다는 새로운 해석이 가능하였다. 둘째, 이러한 의미를 표현하는 수단으로 오래된 향나무, 난초, 작약이라는 식물요소가 활용되었다. 셋째, 각 식물요소는 겸재가 사천에게 전하고자 하는 간절한 메시지를 담은 아이콘이라 할 수 있다. 그 구체적인 내용으로, 만년송이라고 불리는 오래된 향나무의 연륜과 푸르름은 두 사람의 건강과 안녕을, 난초는 지란지교(芝蘭之交, 지초芝草와 난초같이 향기로운 사귐이라는 뜻으로, 벗 사이의 맑고도 높은 사귐)의 향기로운 우정을, 작약은 헤어져 있는 벗과의 재회를 바라는 겸재의 심정을 내포하고 있다.(작약芍藥의 藥이 약속 약約 자와 중국어 발음이 비슷하다.)'라고 쓰여 있습니다.

제 생각에 65세 된 겸재가 70세 된 벗 사천이 보고 싶은데, 달리 방법이 없어 자신이 가진 최고의 그림 달란트로 마음의 선물을 하지 않았나 싶습니다."

공부를 위해 이 논문의 서론에 나온 글을 옮겨 놓는다.

【조선시대 성리학자들에게 격물치지(格物致知)는 객관적으로 존재하는 각각의 물(物)에 이르러 그 이치를 깨닫는 방식이었고, 그들은 우선적으로 가까이 있는 것부터 생각했는데 그것을 이른바 '근사'(近思)라고 한다(박영택, 2006). 따라서 근사는 모든 공부의 기본이었고, 공부의 대상은 인간의 행위 자체이자 삼라만상이었다.

이러한 격물치지와 근사라는 학문적 자세의 결과물 중의 하나로 강희안(姜希顔, 1417~1464)의 《양화소록》(養花小錄)을 들수 있다. 여기에는 수목과 화훼의 본성을 살피고 이를 재배하는 방법이 기록되어 있다. 이에 의하면 각각의 나무와 꽃에는 선비들에게 귀감이 되는 품성이 있는데, 예를 들어 소나무의 지조, 국화의 은일, 매화의 품격 등이다.】

이러한 이야기를 간략히 언급하고는 5백 년 된 느티나무 앞에 선다.

"제 책상에는 고양시 보호수인 느티나무, 헌법재판소 백송, 권율 장군 집터 은행나무 수피가 있습니다. 매일 아침마다 그걸 보며 글쓰기 명상을 하고 있습니다. 왜 그럴까요?"

갸웃거리면 바로 말한다.

"오래 살려고요."

웃음이 나오면 준비한 우스갯소리 하나 더 한다.

"택배기사가 가장 싫어하는 나무는요?"

'반송'이라고 말하고는 또 퀴즈를 낸다.

"화장실 옆에 심는 나무는요?"

'쉬나무'라고 말하고는 느티나무에 가린 쉬나무를 보자고 한다. 호롱불나무, 선비나무라는 멘트가 자연스럽게 나온다. 여기서 이런 이야기를 준비한 이유는 이제부터 창의문까지 오르막 보도를 20여 분 가야 하기 때문이다. 지치고 힘들 것이다. 그래서 몸을 가볍게 해보았다. 물론 전적으로 내 주관적인 판단이지만 말이다.

8월의
달란트와 선물

창의문을 지나 백사실로 접어든다. 가는 동안 준비한 이야기들을 다 한다. 창의문 앞 감나무와 고욤나무, 창의문 맛집 계열사와 개성만두, 그리고 새로운 명물인 동양방앗간, CCC, 게스트하우스, 모조 해바라기 꽃, 백악산 성곽, 산모퉁이 카페, 아까시와 질소고정식물, 붉나무, 텃밭, 나무수국, 개나리, 기원정사, 황폐한 옛날 인왕산과 북한산 사진, '성공해서 행복한 게 아니야, 행복하니까 성공한 거라고'라는 지호 할머니의 글귀 등 보이는 것마다 함께 이야기를 나눈다.

이제 백사실 초입이다. 입산하기 전 이한성 님 글에서 본 성균관 대사성 미산 한장석(尾山 韓章錫)의 시를 함께 읽는다.

십년간 한북문(홍지문)에 나서지 않았는데(不出十年漢北門)

붉은 꽃 뜬 물 아득히 흐르니 다시 근원 찾았네(紅流杳去更尋源)

봉우리 돌고 개울 굽은 여기는 어느 곳인가(峯廻溪轉此何境)

개 짖고 닭 우는 또 한 마을이 있네(犬吠鷄鳴又一村)

숲과 못의 그윽한 일은 봄이 온 후에 좋고(幽事林塘春後好)

세월의 참된 기미는 고요함 속에 있네(眞機日月靜中存)

내 마음의 즐거움을 함께 말할 사람 없고(無人共道余心樂)

부용목 끝 담박하다 말할 만하네(木末芙蓉澹可言)

〔중략〕

백석에 여울은 날리고 산문은 닫혔는데(飛湍白石鎖山門)

신선이 상류에 사시는 줄 알지 못하였네(不識仙扉在上源)

물 위쪽에 누대 지으니 오솔길이 지나고(壓水起樓仍細徑)

기슭 따라 나무 심으니 마을이 절로 깊어라(緣崖種樹自深村)

이리저리 홀로 가니 시내 노인이 바라보고(漫成孤○溪翁見)

이전 유람 아득히 느끼는데 벽의 글자 남아 있네(敻感前遊壁字存)

삼 일간 묵고서 곧 벼슬 생각 잊었으니(三宿頓忘金馬想)

못과 산악의 신령들이 함께 말을 듣는다네(潭霧嶽祗共聞言)

이 시에서 '삼 일간 묵고서 곧 벼슬 생각 잊었으니'를 한 번 더 말한다. 백사실이 벼슬 생각 잊을 정도로 정말 좋은가에 대한 관심 유도인데, 이는 숲에서 숲만 생각하지 않고 삶을 이야기해야 한다는 해설 의도를 관철하기 위해서다.

백사실계곡 생태경관보전지역 표지판 앞에서 노무현 대통령과 유홍준 문화재청장의 이야기를 푼다. 경호구역이었던 이곳이 시민들에게 널리 알려지게 된 과정이 마냥 기쁘지만은 않다. 슬픔 코드가 있는 노무현 대통령을 떠올리는 것도 그렇고, 왕래가 잦으면 숲은 망가질 수밖에 없다는 사실도 그렇고, 백사실 이름 유래가 주는 여러 설(說)도 그렇고, 추사 김정희 별서 터라고 알려지고 있는데 여전히 백사 이항복 표지판이 남아 있는 것도 해설을 어지럽게 할 수 있기 때문이다. 그래서 준비 과정이 쉽지 않았는데 강한 인상을 남길 해설 자료를 책에서 보게 되었다.

《숲에서 우주를 보다》에 나오는 글을 보자.

【식물계를 누비며 현미경으로 뿌리 표본을 들여다보던 식물학자와 균류학자는 거의 모든 식물의 뿌리가 균근 균류에 덮이거나 감싸여 있음을 발견했다. 식물은 대체로 균류가 없으면 살지 못한다. 살기는 살아도, 균류와 뿌리는 섞지 못하면 생장이 느려지고 허약해지는 것들도 있다. 대부분의 식물에게 균류는

흙에서 양분을 흡수하는 주된 표면이다. 뿌리는 자신과 균류를 연결하는 장치에 불과하다. 따라서 식물은 협력의 본보기다. 광합성이 가능한 것은 잎에 들어 있는 고세균 덕이고, 호흡이 가능한 것은 내부의 조력자 덕분이다. 뿌리는 이로운 균류의 땅속 그물망을 연결한다.】

이 글에서 '식물은 협력의 본보기'라는 문장을 활용하기로 했다. 《숲에서 우주를 보다》에 나오는 글을 또 보자.

【나는 흙 속을 들여다보면서 진화와 생태를 사고하는 새로운 관점을 엿보았다. 아니, 이것을 '새롭다'라고 말할 수 있을까? 토양학자들은 우리 문화와 언어에 이미 담겨 있던 지식을 재발견하고 확장하는 것에 불과한지도 모른다. 흙의 생명에 대해 더 많은 것을 알수록 '뿌리', '토대' 같은 언어적 상징의 의미가 더 분명해진다. 이 단어들은 단순히 물리적 연결이 아니라 환경과의 호혜 관계, 다른 공동체 구성원과의 상호 의존, 뿌리가 주변에 미치는 긍정적 영향을 두루 일컫기 때문이다. 이 모든 관계가 생명의 역사에 아주 깊숙이 뿌리 내린 만큼, 개별성의 환상은 설 자리가 없으며 홀로 존재하는 것은 불가능하다.】

이 글에서는 '개별성의 환상은 설 자리가 없으며'라는 문장을 활용하기로 했다.

두 문장을 풀어서 말하고는 이렇게 말을 이어 간다.

"숲에 들어와 나무만 동정하고 가면 절반만 보는 것입니다. 숲을 진짜 이해하려면 땅속을 봐야 합니다. 저 나무들이 홀로 있는 것 같지만, 모두 연결되어 있습니다. 함께 살아가는 것이지요."

그리고는 2019년 7월 26일자 〈한겨레신문〉에 나온 기사를 보여주며 두 문장을 확정적으로 인식시킨다. 그러면 참가자들의 시선이 나무에서 아래로 아래로 흘러간다. 이때 묻는다.

"인터넷망을 우리는 www라고 하죠. 어떤 글자의 약자인가요?"

'world wide web'이라는 말이 나오면 이렇게 말한다.

"숲에도 www가 있습니다. wood wide web입니다."

추사 김정희 별서 터로 이동해서는 추사 김정희와 우선 이상적의 관계에 대해 말한다. 그러고는 세한도로 옮겨 간다.

"한때 잘 나가던 분이 제주도 유배 생활을 하면 얼마나 심신이 힘들겠습니까? 이때 자신을 극진히 도와준 분에게 뭔가를 해주고 싶었겠지요. 그래서 추사 김정희는 자신이 가진 최고의 달란트인 글과 그림을 우선 이상적에게 선물로 주었습니다."

그러고는 또 묻는다. 달란트와 선물에 대해서 말이다.

백사실계곡 현통사 앞에서 계곡물로 얼굴 한 번 씻고는 탕춘대 표지석과 세검정이 있는 곳으로 이동한다. 가는 길에 구멍이 심하게 뚫린 양버즘나무를 보며 "나무는 내부에 죽음을 품고 산다"는 말을 한다.

이 말의 출처는 김홍표 아주대 약학대학 교수가 2017년 7월

25일자 〈경향신문〉에 쓴 칼럼이다. 옮겨 온다.

【시인 김수영이 노래했듯이 풀은 쉽사리 눕는다. 인간의 경험이 대뇌 피질의 신경세포 시냅스에 각인되어 있는 까닭에 우리는 풀과 나무가 서로 다르다는 것을 안다. 경계가 다소 모호한 대나무(대나무는 볏과의 풀이다)와 담쟁이덩굴(나무다) 같은 식물을 논외로 치면 대부분의 풀은 한 해가 가기 전에 땅 위로 솟아난 부위인 줄기가 죽으면서 사라진다. 죽기 전에 풀은 서둘러 꽃을 피우고 많은 양의 씨를 주변 여기저기 퍼뜨려 놓아야만 다음을 기약할 수 있다. 한 세대가 빠르게 지나가기 때문에 풀의 삶은 간소할 수밖에 없다. 반면 나무는 자신의 내부에 죽음을 안고 살아간다.】

공부를 위해 이경준 교수의 《수목의학》에 나오는 글을 옮겨 온다.

【심재는 형성층이 오래전에 생산한 목부조직으로서 시간이 경과함에 따라 세포가 죽어 버리고 대신 기름, 검, 송진, 타닌 페놀 등의 물질이 축적되어 짙은 색을 나타낸다. 심재는 대부분 죽어 있는 조직으로 생리적 역할이 없으며, 도관과 가도관의 형태도 시간이 경과하면서 변해 수분 이동의 역할도 하지 못한다. 단지 수목을 기계적으로 지탱해 주는 역할만 담당한다. 심재는 죽어 있어 방어능력이 약하므로 미생물에 의해 쉽게 부패한다. 나무가 고목이 되면 심재 부위가 썩어 가운데가 움푹 들

어가는 공동(空洞, cavity)현상이 나타나지만, 살아가는 데 큰 지장은 없다.】

식물학이라는 팩트를 추상 언어로 표현하는 능력은 어떻게 터득할 수 있을까? 관찰과 독서 그리고 사색이라고 말하면 너무 뻔하다. 여기에 하나가 더 있다. 끈질긴 노력이다. 설명이 아니라 해석이라는 점을 분명히 인식하면서 문과와 이과를 넘나들며 연결시키는 것 말이다. 새로운 문장 만들기가 어려우면 출처를 밝히면서 인용하는 것부터 시작해 보자. 그러면 언젠가 자신의 해설 문장들이 만들어지면서 자신감을 얻게 될 것이다.

세검정에서는 종이와 관련된 조지서와 세초 작업을 집중적으로 말하고는 마지막 지점인 석파랑으로 이동한다. 입구에 있는 세한도를 보면서 세한도를 찾아온 손재형의 노고를 기억한 뒤 불쑥 이런 말을 꺼낸다.

"훈민정음 해례본을 가지고 있다는 그 사람은 어떻게 해야 합니까?"

지친 발걸음에 애국심이 솟으면서 몸에 탄력을 넣는다. 석파랑 안으로 들어가 종로구 아름다운 나무인 감나무와 높이 자란 회양목을 본다. 끊임없이 전지를 하는 키 작은 회양목만 본 참가자들은 감탄을 한다. 이제 마무리를 한다. 또 달란트와 선물에 대해 묻는다. 참가자들의 말을 듣고는 이렇게 말한다.

"선생님들이 가진 달란트로 작더라도 선물을 주면 선생님 인생이 어떻게 될까요?"

'풍요롭고, 행복하다'는 말이 오고간다. 그럼 마지막으로 이렇게 말한다.

"제가 가진 달란트는 글쓰기입니다. 글을 잘 쓰고 못 쓰고를 떠나 글쓰기가 제게도 어렵지만, 오래 써서 그런지 글을 안 쓴 사람들보다는 익숙합니다. 그래서 저는 글쓰기로 올해 돌아가신 엄마에게 추억을 선물하였습니다."

감나무 앞에서 읽은 시를 옮겨 놓는다.

양은다라이

장대가 감나무 가지를 휘젓는다
은하수처럼 쏟아져라 앵앵거리지만
하늘에 매달린 감은 딱 하나씩
툭, 툭, 툭 양은다라이로 들어간다

무명수건 똬리를 파마머리에 얹어놓고
양손을 한가득 벌려 양은다라이가 하늘을 받치면
아이의 고독은 홍시처럼 울컥거린다

탱자나무 울타리에 어둠이 찔리기 시작하면

아이의 입에서 침이 흐르고 볼은 탱탱해진다
이윽고 함석 대문이 열리고 양은다라이가 들어오면
아이는 월남치마에 흙손을 넣고는
빛깔 고운 눈깔사탕을 날름날름 빼먹는다

양은다라이에 은하수 별빛이 이슬처럼 내리고
감 떨어진 가지 끝에는 유성 하나가 스러지고 있다

해설이 끝나면 시간이 되는 참가자들과 식사를 하러 간다. 버스를 타고 구기동 입구 삼성박물관 앞에 있는 닥나무를 보고는 두부찌개를 먹는다. 또 서로의 인생 이야기도 곁들인다. 뜨거운 8월에 행복이 내려앉는다.

8월 해설을 들으러 온 대학 후배가 있었다. 함께한 다음 날 긴글을 썼다. 글쓰기 달란트로 나누는 선물이었다. 옮겨 놓는다.

소멸하는 태풍

태평양에서 시작된 프란시스코 태풍이
동해로 소멸해가고 있는 아침
해설 참가자 이름이 하나둘 불참으로

핸드폰에 나타나면서
내 기억 대상에서 제거되는데
오랫동안 잊고 살았던 그 이름은
태풍 끝자락에서 뿌려대는 비에 아랑곳하지 않고
오고 있나 보다

사범대 운동권 학생이 드물어 눈에 띄었던 내가
건대 사건으로 감옥까지 갔다 오자
갑자기 전설 속의 인물이 되는 부담이 나를 눌렀고
그 안에서 나오는 말에 귀를 쫑긋 세우는 모습들에
내 삶들이 심히 가당치 않아
칡과 등나무보다 더 심한 갈등이 나를 옭아매었던
그 시절 후배들을 나는 살면서 찾지 않았다
미안한 세월을 기억에서 소멸시키고 싶었기에

가는 빗줄기는 그치지 않았지만
30년 만에 본 후배와 그의 아내
그리고 숲 선후배님들을 앞에 두고
나의 숲 해설은 시작되었다

겸재 정선 집터가 있는 경복고에서

사천 이병연을 말하며

추사 김정희 별서 터가 있는 백사실에서

우선 이상적을 말하며

가장 외롭고 힘들 때 만들어지는

사귐에 대해

나의 달란트로 누군가에게 기쁜 선물을 준다는 것에 대해

훅 치고 들어간 나의 말들을

그들은 어떻게 받아들였을까

그 사이 빗줄기는 완전히 소멸되었고

폭염이 달구어지는 환한 낮에

오랫동안 소멸된 기억을 하나씩 길어 오르려고

이야기를 섞고 섞다 보니

내 기억과 그의 기억이 사뭇 다르다는 걸 알고

그러면서 그 시절 그들의 기억이 땅속 깊이처럼 궁금해졌고

NL과 PD가 어느 나라 말인지 갸웃거리는 숲 후배님들의 표정
이 아지랑이처럼 보였을 때

곧 저녁이 시작된다는 것을 알게 되었다

낮을 소멸시키는 밤이 되기 전이라

버스정류장으로 향하는 대학 후배 모습을 볼 수 있었지만

각자의 곳으로 찾아가는 숲 후배 모습을 볼 수 있었지만
소멸된 것 같은 그 기억의 모습들이 태풍처럼 다가오는 것 같아
밤이 된 뒤 그 시절을 함께 보낸 아내를 만나러
에코백에 술을 담고 집에 들어섰다

최루탄이 판을 치던 그때 그 시절은 무엇이었을까?
노선 싸움이 목숨보다 더 컸던 그때 그 시절은 무엇이었을까?
스르륵 잠이 들 무렵
그때 그 기억들이 나타나지 않기 바라는 마음은 또 무엇이었을까?
그러면서 태풍 레끼마가 온다는 이 아침 이렇게 기록을 남기는 이유는 무엇일까?

생주이멸(生住異滅) 성주괴공(成住壞空)이라고 하지만
이 몸이 삶을 만들어나가는 동안
소멸되지 않을 온갖 기억들에게
하나씩 언어를 입혀나가다 보면
이 또한 생주이멸 성주괴공이기 때문일까?

또 온다는 태풍의 끝자락에서
또 기억 속의 누군가를 만난다면

또 현재를 함께 하는 누군가를 만난다면
그날의 삶을 담아
이렇게 기록으로 남기는 것이
그것이 부족한 나의 달란트로
삶을 소멸시키지 않는 삶이 되는 것일까?

그러다 보면
태풍이 일어나는 것도
태풍이 소멸하는 것도
삶이 시작되는 것도
삶이 마감되는 것도
모두 하나의 행(行)이라는 것을 알게 될까?
그러다 보면
모든 소멸되지 않은 만남도
모든 만들어지는 만남도
모두 소중히 여길 줄 알게 될까?
그러다 보면
모두의 행복을 빌게 될까?

그래, 우리 모두 행복하자
그게 우리 삶이다

이 기록을 남기게 해준
어제의 빗속 인연들에 감사하며
오늘도 또 누군가와의 만남을 이어가보자
소멸되지 않을 그 영원한 기억을 쌓기 위해!

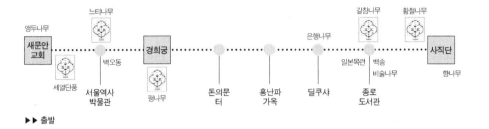

사람 이름과
나무 이름을 연결하다

9월이 되었다. 8월 해설을 하면서 9월 코스를 답사했다. 주제는 '이름'이 되었다. 주제라기보다 키워드에 가까운 것이었지만, 나무 이름 때문에 골치 아픈 거를 털어버리기 위해서라도 이름으로 정했다. 때마침 나무 이름을 정리한《우리 나무 이름 사전》이 나온 것도 한몫을 했다.

새문안교회 앞에 선다. '새문' 즉 서대문 '안'에 있다고 해서 새문안교회이고, 한국 최초의 장로교회라는 타이틀이 있다는 것과 언더우드 선교사도 언급한다. 그러고는 묻는다. 참가자들의 이름과 이름이 지닌 뜻을 말이다. 말을 건네주면 훅 던진다.

"이름대로 사시는 것 같습니까?"

해설가 멘트치고는 약간 오만하다. 여기에는 그럴 만한 이유가 있다. 9월이 되면서 새로운 분들이 오기보다는 이미 다른 코스를 다녀간 분들이 주로 오신다. 구면인 셈이다. 거기다 식사까지 같이한 분들도 계신다. 오만한 멘트를 수그린다.

"오늘은《우리 나무 이름 사전》을 자료 삼아 나무 이름을 알아보겠습니다. 많이 공부하신 저자의 책이니 믿을 수 있을 것 같습니다. 그리고 오늘 답사에서 제가 말하는 사람 이름들도 오래 기억하면 좋겠습니다. 마지막으로 본받을 만한 나무 이름 하나 가슴에 담아가는 시간이 되었으면 합니다."

참가자 이름을 기억했다가 틈틈이 불러 주면 소통하는 데 더욱 좋겠지만, 내 머리가 그렇게 좋지 않다. 누구는 이름을 기막히게 기억해 교회를 크게 일구고, 누구도 이름을 잘 기억해 최고의 강사가 되었다고 하지만, 그래서 노력해 보려고 하지만, 기억력 한계인지 사람 이름에 관심이 없어서인지 어려움을 겪는다. 그래도 기억나는 대로 이름을 부르며 해설을 이어 간다.

먼저 새문안교회 입구 화단에 있는 앵두나무 앞에 선다. 교회를 새로 지으면서 오래된 앵두나무가 사라지는 게 안타까워 후계목으로 심은 것이다. 앵두나무 이름 유래를 묻지만 성큼 답이 나오지 않는다. 그럼 함께 책을 본다.

《우리 나무 이름 사전》에 나오는 글이다.

【앵두나무는 중국 원산으로 우리나라에 들어올 때 이름도 따라 들어왔다. 중국에서는 처음에 열매가 꾀꼬리처럼 아름답고 먹을 수도 있으며 생김새는 작은 복숭아 같다고 꾀꼬리 앵(鶯)과 복숭아 도(桃)를 써서 앵도(鶯桃)라고 했다. 그러다 어린아이처럼 작은 복숭아라 하여 어린아이 앵(嬰)과 나무 목(木)을 합친 한자 앵(櫻)을 쓰는 앵도(櫻桃)로 변했다. 둘을 같이 쓰기도 하지만 주로 앵도(櫻桃)로 쓴다. 우리나라 벚나무를 앵(櫻)으로 표기하기도 한다. 한글 맞춤법으로 앵도나무가 아니라 앵두나무로 쓴다.】

이 글을 옮기면서 의문이 든다. '어린아이 앵(嬰)'이라고 되어 있는데, 한자사전을 보니 '어린아이 영(嬰)'이다. 오자인지 표기 과정이 있는지 궁금해진다. 그렇다고 출판사에 연락을 하지는 않는다. 숲 공부 처음 할 때 나무 이름들이 궁금해 자료를 많이 봤으나 일관성이 없다. 언젠가 내가 도전할 영역이다.

새문안교회 옆 크레센도 빌딩 뒤로 가 종로구 아름다운 나무인 세열단풍을 멀리서 본다. 리모델링 공사로 들어갈 수가 없어서다. 그러다 보니 골목길 흡연 장소를 지나가야만 한다. 참가자들도 나도 곤혹스럽지만 공작 깃털처럼 우아하게 펼쳐져 있는 수형이 멋있어 놓칠 수 없다.

다시 큰길로 나와 구세군빌딩 옆 경희궁지 표지석을 확인하고는 서울역사박물관 광장에서 수선전도를 찍고 옆길로 해서 경희 궁지로 향한다. 가는 길에 벽오동나무 앞에서 도요토미 히데요시 와 일본 정부를 언급한다. 그들이 벽오동 잎을 문장으로 쓰고 있 다는 것 말이다. 연결을 해보면 섬뜩하다. 여기서 이 이야기를 꺼 낸 이유도 다음 이야기를 이어 가기 위한 것이다.

다음 장소는 서울역사박물관 방공호 앞이다. 경희궁 안에 있 던 황학정을 헐고 거기에 폭격시 체신청 장비를 옮겨 놓기 위해 일제가 지은 시설이다. 일본에 대한 분노가 솟는다. 이 이야기를 한 이유는 경희궁 숭정전에서 반전을 꾀하기 위한 것이다.

본래 경희궁 터였던 곳에 새롭게 들어선 서울역사박물관이 끝 나는 지점에서 계단을 오르면 종로구 아름다운 나무인 느티나무 가 있다. 공동이 심해 외과 수술을 받은 모습이 안쓰럽지만, 넉넉 한 품과 빽빽한 잎들이 느티나무 미덕을 그대로 보여주고 있다. 잠시 감상을 하고는 느티나무 이름 유래에 대해 묻는다. '늦게 티 나서'라는 말이 가장 많이 나온다. 다시 또 책을 펼친다. 느티나무 글이다.

【느티나무는 나무속이 황갈색이라서 한자로는 황괴(黃槐)라 고 한다. 누렇다는 뜻의 황(黃)과 회화나무를 나타내는 괴(槐) 가 합쳐진 말이다. 《방언유석(方言類釋)》(조선 정조 때 각 단어의 중국어, 만주어, 몽골어, 일본어를 모아 우리말로 풀이한 어휘집)에선 느 티나무를 황괴수(黃槐樹)라 하고 한글로는 '느틔나모'라고 썼

다. 황색을 뜻하는 순우리말 노랑은 눈(놋)이 어원이라고 하며 괴(槐)는 옥편에 보면 홰나무(회화나무)라 하였으니 황괴의 한글 이름은 '눈(놋)홰나무'가 된다. 마찬가지로 《아언각비(雅言覺非)》(조선 순조 때 실학자 정약용이 지은 어원 연구서)에는 '놋회나무'라고 했다. 이것이 '누튀나무'를 거쳐 느티나무가 되었다고 짐작된다.】

참가자들은 바로 수긍을 하지 않는다. 기존 인식을 금방 바꾸기 어렵기 때문이다. 게다가 이 책에서도 "이것이 '누튀나무'를 거쳐 느티나무가 되었다고 짐작된다"라고 마무리하지 않았는가? 논쟁은 하지 않고 느티나무 가지 쪽으로 옮긴다.

"자연치유력이라는 게 있습니다. 좀 아파도 스스로 몸이 치유되는 것이지요. 정신적인 문제는 회복탄력성이라고 하지요. 이것은 노력이 필요하고요. 아니 같다고 봐도 무방할 듯합니다. 그런데 사람과 나무를 비교해 보면 사람보다 나무가 이 방면에서 월등히 진화되어 있는 것 같습니다.

(썩어서 부러져 있는 가지를 가리키며) 가지는 왜 부러질까요? 바람 때문에? 곰팡이 때문에? 곤충 때문에? 자연낙지(自然落枝)라는 말이 있습니다. 아픈 부위는 나무가 스스로 조절을 해서 자연스럽게 떨어지게 하는 것이지요. 가을이 되면 떨켜층을 만들어 잎을 떨어뜨려 최소 에너지로 겨울을 나는 것과 같은 이치입니다."

9월 해설을 처음 할 때 이곳에서 자연낙지라는 말은 하지 못했다. 몰랐기 때문이다. 자연치유력만 이야기하는데, 참가자가 자연 낙지를 알려주었다. 많은 부분이 그렇다. 그래서 이 책에는 섞어서 풀어내는 이야기들이 많다. 시간이 지나고 보니 어느 콘텐츠가 내가 준비한 내용이고, 어느 콘텐츠가 참가자가 알려준 것인지 다 기억하지 못한다. 게다가 나는 공부한다는 자세로 끊임없이 텍스트를 끌어들이고 있었다. 그래서 이야기들이 융합되어 있는데, 웬만한 지식들은 공유하는 게 좋다는 카피레프트를 지향하고 있어서 그런지 완벽하게 출처를 언급하는 것에는 둔감하다.

'해설은 참가자들이 만든다'는 명제는 옳다. 그러려면 해설가가 열린 자세가 되어 있어야 한다. 해설 도중 그것이 틀린 것 같다며 이의를 제기해 오면 해설을 중단하고 그분의 이야기를 들어주면 된다. 수긍이 되면 인정을 하고, 그렇지 않으면 다른 분에게 눈길을 주어 더 풍부한 이야기를 유도하면 된다. 해설은 내 이야기를 푸는 게 아니라 함께 공부하는 것이다. 순간 화가 나면 뒷담화로 풀어내야지 그 자리에서 벌컥 응대를 하면 해설 분위기가 망가진다.

헤르만 헤세의 《싯다르타》에 나오는 글을 보자.

【미동도 하지 않은 채 고타마는 그의 말을 조용히 귀담아 듣고 있었다. 그러더니 자비롭고 공손하고 맑은 목소리로 완성자인 그가 말하였다. "바라문의 아들이여, 그대는 나의 설법을 들었구려. 그리고 그대가 그 설법에 관하여 그토록 깊이 사색하였

다는 것은 그대에게 참 잘된 일이오. 그대는 그 가르침 안에서 한 틈, 한 결함을 찾아내었소. 앞으로 그것에 대하여 계속 깊이 생각하여 보는 게 좋겠구려. 하지만 지식욕에 불타는 그대여, 덤불처럼 무성한 의견들 속에서 미로에 빠지는 것을, 말 때문에 벌어지는 시비 다툼을 경계하시오. 이런 저런 의견들은 전혀 중요하지 않소. 의견이란 아름다울 수도 있고 추할 수도 있으며, 재치 있을 수도 있고 어리석을 수도 있소. 우리 개개인은 의견들을 지지할 수 있고, 배척할 수도 있소. 그러나 그대가 나한테서 들은 가르침은 하나의 의견이 아니며, 그리고 그 가르침의 목적은 지식욕에 불타는 사람들에게 이 세상을 설명하여 주는 것이 아니오. 그 가르침의 목적은 다른 데에 있소, 그 목적은 번뇌로부터의 해탈이오. 고타마가 가르치고 있는 것은 다른 것이 아니라 바로 이것이오.】

고타마의 경지는 모르지만, '지식욕에 불타는 사람들'과 대화를 할 때는 '의견에 정답은 없다'는 점만 인식하고 있으면 불화가 일어나지 않는다. 답사와 해설은 실내 공부와는 성격이 다르기 때문에 이에 대한 생각은 길을 나설 때부터 지니고 있어야 한다. 그래야 그 시간들이 즐겁다.

경희궁 동쪽 문인 여춘문(麗春門) 앞에는 여덟 그루의 느티나무가 연리목으로 자라고 있다. 빙 둘러보면 한 그루가 여덟 그루가 되었는지, 처음부터 여덟 그루를 심었는지 가늠이 어렵다. 이를 가지고 이야기를 나누는데, 먼저 전제를 단다.

"아인슈타인은 '상상력은 지식보다 중요하다'고 말했습니다. 이 나무를 계속 보면서 어떤 추론이 가능한지 말해 주세요."

여러 의견이 나온다. 정리 멘트는 이렇다.

"연리목 하면 무엇이 생각나나요?"

'love'라는 말이 주로 나온다. 분위기가 화사해진다.

숭정전에 들어가서는 퀴즈를 낸다.

"경복궁, 창덕궁, 창경궁, 덕수궁을 하나로 묶어서 보십시오. 이 궁들과 경희궁의 차이가 있습니다. 뭘까요?"

여러 의견이 나오면 정리를 한다.

"지금 경희궁 정전인 숭정전 앞에 있는데도 우리는 입장료를 내지 않고 여기까지 왔습니다."

호기심이 보이면 '경복궁, 창덕궁, 창경궁, 덕수궁'은 문화재청이 관리하고, '경희궁'은 서울시가 관리하기 때문이라고 말한다. 이어 경희궁 역사를 간략히 언급한다.

"우리 조선의 옛 모습은 거의 일본이 파괴했다고 생각하지만 이곳은 흥선대원군이 경복궁을 중건하면서 심하게 훼손되었습니다."

숭정전, 정각원, 정조, 고종 이야기를 말하고는 숭정문으로 나아가 아래를 굽어보며 양잠소, 총독부중학교, 경성중학교, 서울고등학교 등을 말한다. 그러고는 계단을 내려 걸어가 종로구 아름다운 나무인 팽나무 앞에 선다. 팽나무 열매를 팽총의 총알로 써서 팽나무로 불린다는 이야기를 한 뒤 팽나무에서 자라고 있는 지의류를 보면서 준비한 내용을 꺼낸다.

인터넷 자료를 옮긴다.

【지의류(地衣類)는 버섯도 아니고, 이끼도 아니며, 식물은 더더욱 아니다. 지의류는 하나의 단일한 생물이 아니다. 하얀 균체의 곰팡이와 녹색, 청남색의 조류가 만나 공동생활을 하는 공생체인 '균류'이다. 이렇게 종류는 다르지만 서로 도움을 주며 같은 공간에서 함께 살아가는 생물을 '공생생물'이라고 한다.】

이 내용을 함께 공부하듯이 이야기를 나누고는 정리를 한다.

"EBS 다큐 '지의류를 아십니까?'를 보았습니다. 문광희 교수가 서해 바닷가를 찾아가는 장면이 나오더군요. 몇 년 전에 바위에서 자라고 있던 지의류가 다시 오니 없다고 했습니다. 그곳에 데크 길이 나 있었습니다.

지의류는 새삼 주목받고 있습니다. 대기오염 측정 기준이 되고 있기 때문입니다. 지의류가 점점 사라진다는 거 그만큼 지구 환경이 심각해진다는 것이겠지요."

여기서 그치지 않는다. 《랩 걸》에 나오는 내용을 압축해서 전달한다. 내용보다는 공부를 하는 자세에 대해서다. 옮겨 온다.

【논문 지도교수와 나는 과일즙이 농축되어 씨가 되는 동안 기

온의 패턴을 반영하는 온갖 화학반응들을 상상할 수 있었다. 기온 정보를 담은 씨앗이 화석이 된다는 우리 이론은 아직 정착된 것이 아니어서 이렇다 할 답을 찾기도 힘들었다. 나는 주된 질문을 더 작고 다루기 쉬운 일련의 질문으로 나눠서 살펴볼 요량으로 여러 가지 실험을 고안했다. 첫 번째 할 일은 팽나무 열매가 어떻게, 무엇으로 만들어졌는지를 알아내는 일이었다.

추운 기온과 (비교적) 따뜻한 기온 사이의 다른 점을 비교하기 위해 나는 미네소타와 사우스다코타에 사는 팽나무 몇 그루 주변에 보초를 세웠다. 1년에 걸쳐 정기적으로 두 지역에서 나는 나무 열매를 거둘 계획이었다. 캘리포니아에 있는 실험실에서 나는 수백 개의 열매들을 종잇장만큼 얇게 저며서 현미경으로 관찰하고 사진을 찍었다.

피사체를 350배 확대하는 현미경으로 팽나무씨를 들여다보니 매끈하다고 생각했던 표면은 딱딱하면서 바삭바삭한 물질이 가득 들어찬 벌집 같은 모양을 하고 있었다. 시작점으로서 복숭아씨를 개념적 준거로 삼아, 나는 팽나무씨 몇 개를 복숭아 한 가마니는 녹일 만한 산(acid)에 담가서 남은 물질을 관찰하자고 마음먹었다. 벌집모양의 표면을 메우고 있던 물질이 녹아 없어진 후 하얀 레이스 같은 구조가 남았다. 이 작고 하얀 구조물을 진공 상태에 넣어서 150도로 가열하자 이산화탄소가 나왔다. 그 하얀 격자무늬 창살 속에 어떤 유기물이 들어 있

다는 의미였다. 또 한 겹의 수수께끼였다.】

숲해설을 한다는 게 뭔지 깊게 생각하게 해주는 글이라고 말한다. 숲해설은 숲과 나무를 읽어 주는 게 아니라 생태계 전반을 이야기하는 게 맞다고 여겨지고 있는데, 그러려면 《랩 걸》의 호프 자런처럼 공부하는 게 옳은데 그러지 못해 반성만 한다고 말한다. 그러면서 이런 대목을 함께 공유하는 것은 내가 받은 감동을 그냥 전하고 싶어서라고 덧붙인다.

《랩 걸》에 나오는 글이다.

【이 가루가 오팔(opal)로 만들어졌다는 사실을 아는 것은 무한대로 확장되고 있는 이 우주에 단 한 사람, 나뿐이었다. 상상할 수도 없이 많은 사람들이 이 넓고 넓은 세상에서 나, 작고 부족한 내가 특별한 존재가 된 것이다. 나는 나만의 독특하고 별난 유전자들이 모여서 생긴 존재일 뿐 아니라 창조에 관해 내가 알게 된 그 작은 진실 덕분에, 그리고 내가 보고 이해한 그 진실 덕분에 실존적으로 독특한 존재가 되었다. 모든 팽나무의 씨를 강화하는 광물질이 바로 오팔이라는 확실한 지식은, 누군가에게 전화하기 전까지는 나만 알고 있는 진실이었다. 그것이 알 가치가 있는 지식인지 아닌지는 오늘 생각할 문제가 아니라 느꼈다. 인생의 한 페이지가 넘어가는 그 순간 나는 서서 그 사실을 온몸으로 흡수했다. 싸구려 장난감이라도 새것일 때는 빛나 보이듯, 내 첫 과학적 발견도 그렇게 반짝였다.】

실험과 관찰을 통한 과학 공부를 해본 적이 없는 내가 만일 이를 실제로 행한다면 나무를 잠시 접하고도 받은 존재감과 감동보다 더 큰 느낌들이 밀려들 것 같다. 이는 나중의 문제이기는 하지만 그 그림을 그리면서 현재에 받은 감동을 참가자들과 나누는 것, 큰 의미가 있다.

본래 장소에서 옮겨진 경희궁 정문인 흥화문을 통과해 돈의문터, 경교장, 구 서울기상청을 지나 홍난파 가옥 뒤에 다다른다. 그곳에서 〈대한매일신보〉 발행인이었던 어니스트 베델의 삶과 죽음을 추모하고, 홍난파 가옥으로 내려와 봉숭아를 본다. 보편적 인권을 위해 싸운 이방인과 친일인명사전에 올라가 있는 국내인의 삶을 슬쩍 보면서 딜쿠샤로 향한다. 가는 도중 작은 스트로브잣나무에 크게 달려 있는 열매도 보고, 빨갛게 익어 있는 산딸나무 열매도 맛본다.

딜쿠샤에서 앨버트 테일러의 행보를 추억하고, 그 앞 권율 장군 집터 은행나무에서 생명력을 느끼고는 한 걸음 옆으로 이동해 포장 아스팔트를 뚫고 나온 뿌리를 보면서 또 한 번 나무의 위대함과 인간의 이기적인 간섭을 연결시켜 본다.

빌라 앞 성곽 아래 텃밭에 있는 여러 작물을 함께 보고 있으면 마치 가족 같다. 화기애애한 분위기가 지친 심신에 에너지를 넣어준다. 종로도서관 뒤 종로구 아름다운 나무인 갈참나무에 다다른다. 알면서도 모를 듯하고 재미있으면서 짜증을 주는 참나무 종류에 대해 서로 이야기를 나누고는 불쑥 김소월의 "엄마야 누나야 강변 살자 / 뜰에는 반짝이는 금모래빛 / 뒷문 밖에는 갈잎의 노래 / 엄마야 누나야 강변 살자"라는 노래를 읊조린다. 그러고는 여기서 말하는 '갈잎'이 갈참나무의 나뭇잎이라고 짐작하는 학자가 있다고 말한다.(그런데 이분의 책을 다른 곳에서 보니 거기에는 떡갈나무로 짐작한다고 되어 있다. 이럴 때마다 참나무 동정이 어렵게만 느껴진다.)

종로도서관 화단에 있는 일본목련(일본에서 온 목련) 앞에서는 이 나무의 북한 이름이 황목련(꽃 색깔에 연노란색이 들어 있는 특징을 살려 작명)이라는 말을 한다. 백송 앞에서는 백송의 북한 이름이 흰소나무라고 말한다. 종로도서관 아래에 있는 비술나무 앞에서도 비술나무의 북한 이름이 비슬나무라고 말한다. 그러면 참가들은 나무의 특징을 쉽게 인지할 수 있는 북한 이름에 호감을 보인다. 이 해설 내용 역시 의도가 있었다. 마지막에 볼 생소한 나무 이름을 오래 기억시키기 위해서다.

9월 해설 막바지에 다다른다. 사직단 입구에 있는 종로구 아름다운 나무인 황철나무 앞에 선다.《우리 나무 이름 사전》에 나오는 글이다.

【한반도 북부에 자라는 사시나무의 한 종류로 한자 이름은 황철목(黃鐵木)이다. 황철령, 황철봉, 황철산 등 '황철'이 들어간 지명은 주로 북한에 있으며 황철나무 자생지와 거의 일치한다. 황철 지방에서 흔히 볼 수 있는 나무라서 황철나무가 된 것으

로 짐작한다.】

길가로 나와 보호수인 향나무 앞에서 마무리 멘트를 한다.

"오늘 나무 이름 가운데 선생님과 비슷해 보이는 이름이 있나요? 아니면 오래 기억하고 싶고, 닮고 싶은 나무 이름이 있나요?"

소감을 듣고는 또 시간이 되는 분들과 함께 서촌 음식문화거리로 들어가 늦은 점심을 맛나게 먹는다. 9월 해설도 즐겁고 행복했다.

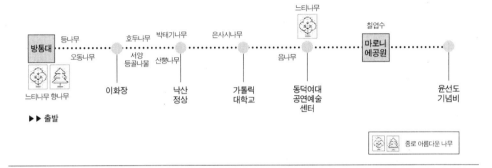

10월 오전 코스 해설 포인트
주제: 공간의 재인식

느티나무

등나무   호두나무   박태기나무   은사시나무   칠엽수

방통대   마로니
에공원

오동나무   서양   산뽕나무   음나무
         등골나물

느티나무 향나무   이화장   낙산   가톨릭   동덕여대   윤선도
                      정상   대학교   공연예술   기념비
                                      센터

▶▶ 출발

종로 아름다운 나무

참가자에게
주문하고 개입하다

10월이 되었다. 11월은 중간 불참자를 위하여 기존 모든 코스를
다시 가보는 것으로 정했다. 새로운 스토리 만들기는 10월로 종료
되는 것이기에 마지막 투혼을 불사르기로 했다. 즉 오전과 오후
모두 해설을 하는 걸로 결정했다.

오전 코스는 방통대 정문에서 시작해 낙산 정상을 찍고는 마로
니에공원에서 마무리하는 것이었고, 오후 코스는 서울대병원 정
문에서 시작해 성균관대를 거쳐 중앙고에서 끝을 내는 것이었다.

방통대 정문으로 들어가면 종로구 아름다운 나무인 느티나무가 수호목 혹은 정자목처럼 학교를 지켜 주고 있다. 10월 주제를 말한다.

"공간의 재인식입니다. 서울이 어떻게 변화해 왔는지를 살펴보면서 선생님들 삶도 어떤 공간에서 이루어져 왔는지 되돌아보겠습니다. 그리고 앞으로 어떻게 살지도 생각해 보는 시간을 갖겠습니다. 먼 이야기가 아니라 올 겨울 계획이면 충분할 듯합니다."

그러고는 반야심경에 나오는 '색즉시공 공즉시색(色卽是空 空卽是色)'을 꺼내며 이렇게 말한다.

"있다가 없고 없다가 있는 게 색즉시공 공즉시색이겠지요. 그런데 숲만 있던 곳에 건물이 들어서기는 하는데 건물이 줄어들지 않는 게 우리가 사는 도시 같습니다. 즉 사람이 만드는 것은 좀처럼 없어지지 않고 늘어나기만 합니다. 이게 우리 현실 같습니다."

이어 대학로와 낙산공원에 대한 변화 과정을 쭉 훑고는 느티나무 앞에 있는 구 공업전습소 목조 건물을 돌아 종로구 아름다운 나무인 향나무 앞에 선다. 심재에서 향이 나서 향나무라고 불린다는 나무 앞에서 또 무슨 이야기를 해야 할까?《나무처럼 생각하기》라는 책에서 읽은 "보이는 현실과 보이지 않는 나무는 땅의 물질성과 하늘의 정신성을 연결한다"라는 문장을 응용한다.

"보이는 건물만 자꾸 짓다 보니 물질성만 우선시하면서 사는 것 같습니다. 도시에서 점점 사라지는 나무를 자꾸 기억해내면 정신성이 풍부한 삶을 살 수 있을 것 같습니다. 삶과 죽음을 향불로 이어 주는 이 향나무 앞에서 충분히 생각해 볼 수 있는 내용 같아 공유했습니다."

10월 스토리를 준비하면서 골치가 많이 아팠다. 새로운 종(種)의 나무도 거의 없었고, 기억할 만한 역사 유적도 드물었다. 즉 같은 나무 앞에서 똑같은 이야기를 반복하는 것도 힘들었고, 생태와 도시 공간에 대한 담론적 접근도 되풀이하는 느낌을 지울 수 없었다. 게다가 중학교 숲교육까지 병행하면서 지쳐 있었다. 그래도 계속 오시는 분들이 고마워 새로운 내용을 몇 개는 더 마련해야 했다. 그분들에 대한 예의였다.

정독도서관 등나무보다 더 길고 큰 방통대 등나무 열매를 관찰한 뒤 태풍에 위 줄기가 부러져 나간 오래된 오동나무를 멀리서 보고는 이화장에 다다른다. 공사 중이라 이화장에 들어가지는 못하고 담벼락 쉼터에서 잠시 숨을 고른다.

여기서 무슨 이야기를 할 수 있을까? 고민 끝에 해방 후 3대 정치공간이었던 경교장과 삼청장, 이화장을 비교 해설한다. 그러고는 이승만 대통령이 1898년 3월 협성회 시절에 지었다는 '고목가(枯木歌)'를 언급한다. 나무 이야기가 들어 있어서다. 이어서 김구의 '나의 소원'에 나오는 글귀를 읽는다.

【산에 한 가지 나무만 나지 아니하고 들에 한 가지 꽃만 피지 아니한다. 여러 가지 나무가 어울려서 위대한 삼림의 아름다움을 이루고, 백 가지 꽃이 섞여 피어서 봄들의 풍성한 경치를

이루는 것이다.

　우리가 세우는 나라에도 유교도 성하고, 불교도, 예수교도 자유로이 발달하고, 또 철학으로 보더라도 인류의 위대한 사상이 다 들어와서 꽃이 피고 열매를 맺게 할 것이니, 이러하여야만 비로소 자유의 나라라 할 것이요, 이러한 자유의 나라에서만 이 인류의 가장 크고 가장 높은 문화가 발생할 것이다.〕

뜬금없을 수 있다. 그래서 솔직히 말한다. 해설을 해야 해서 해설 거리를 준비해 보았다고 말이다. 그러고는 한마디 덧붙인다.

"김구 선생은 생물다양성이라는 개념이 나오기 전부터 몸으로 이를 알고 계셨네요. 게다가 이를 사회에 적용할 줄도 알고 계셨고요. 서로를 인정하며 사는 것, 자연으로부터 배워야겠죠."

　여기서 더 나아간다. 친일파 청산은 거의 하지 않은 이승만 대통령이 벗나무는 열심히 베어냈고, 이 벗나무들이 박정희 대통령 때 일본에서 무상으로 선물 받으면서 국내에 또 집중적으로 심어졌다는 이야기 말이다. 아이러니한 상황까지만 이야기하고 정리한다. 그 다음까지 가면 이야기가 오래 걸리기 때문이다.

　그래도 이는 해설이 아니라 주문이고 개입이다. 특정 목적을 전하기 위한 연설이나 강의이다. 다만 전달 방식에서 강요하는 듯한 인상은 주지 않지만, 의도는 충분히 읽었을 것이다.

　이화장에서 낙산공원으로 올라가는 골목길에 서양등골나물이 하얗게 피어나 있다.

"외래식물이자 생태계를 파괴하는 유해식물로 인식되고 있어서 제거를 많이 하는 것 같습니다. 하지만 외래식물이니 귀화식물이니 토종식물이니 하는 것은 어디까지나 국경을 가진 인간의 관점입니다. 식물은 지구라는 단일 공간에서 살아가기 때문입니다. 어떻게 생각하시나요?"

여러 의견이 나온다. 정리는 하지 않는다. 서로 각자의 의견을 존중하면 된다고 한다.

이화벽화마을 골목길을 올라 낙산 정상으로 향한다. 암문 안쪽에 있는 커다란 산뽕나무에 눈도장을 찍고는 성 밖으로 나와 산사나무, 이팝나무, 회화나무, 박태기나무, 참느릅나무, 호두나무 등을 관찰한다. 덧붙여 창신동 역사도 들여다본다.

낙산 정상에서는 서울의 공간 변화를 사진으로 보고는 하마터면 서울시가 우남시가 될 뻔했다는 이야기도 나눈다. 10월 공간에 대한 연결 요소를 찾다 보니 하게 된 것인데도 처음 듣는 분들이 많아 재미있어 한다.

오랜 등산 경험과 문화해설 경력을 살려 이곳저곳 보이는 대로 해설을 해준다. 가톨릭대 가는 길에 있는 나무들도 발길이 머무는 대로 참가자들과 함께 들여다본다. 누가 해설가인지 누가 참가자인지 구별은 없다. 동호회에서 나온 듯한 분위기로 이어 간다.

가톨릭대 담장에 다다르면 그곳 구석에 하늘 높이 자라고 있는 은사시나무가 있다. 가까이 가서 보면 참가자들이 대략 알지만 또 퀴즈를 낸다.

"세상에서 가장 비싼 나무는요?"

손짓을 하면 내가 말한다.

"수피가 다이아몬드 같은 숨구멍을 만들어 가고 있기 때문입니다."

짧은 걷기가 끝나고 대학로로 내려가기 전에 묻는다.

"지구 온도를 내려가게 하는 방법으로 무엇이 있을까요?"

여러 의견이 나온다. 이런 말을 덧붙인다.

"성당에 다니시는 생태운동가가 한 말인데, 덮지 말고 거둬내면 된다고 합니다. 아스팔트로 시멘트로 땅을 자꾸 덮지 말고 자연이 숨을 쉬게 해야 한다는 말입니다."

포장을 하지 않으면 걸을 수 없다는 의견도 나오고, 일견 타당하다는 의견도 나온다.

그런데 여기서 나는 왜 굳이 '성당에 다니시는 생태운동가'라고 했을까? 공간을 강하게 인식시키려는 버릇이다. 가톨릭대 옆이니까 유사 단어를 넣는 식이다. 문장에서 보면 군더더기일 수 있지만, 애드립으로 생각하는 이런 식의 해설은 쉽게 고치기도 어렵고, 또 굳이 고치려고도 하지 않는다. 스타일이기 때문이다.

여기에는 이유 하나가 더 있다. 말하려는 게 있는데 체화가 안되어 있으면 관련 단어를 끌어들이는 것으로 내 의도를 채운다. '생태운동가'라는 말을 처음부터 꺼내면 내가 부담스러워 '성당에 다니시는'이라는 수식어를 썼다는 것이다.

조시 해스컬의 《나무의 노래》를 보자.

【브로멜리아드에 서식하는 수백 종의 세균, 원생생물, 갯솜동물, 갑각류, 연형동물이 이 물웅덩이에서 저 물웅덩이로 이동하려면 개구리의 도움을 받아야 한다. 새우처럼 생긴 작은 생물인 개형충은 개구리 피부에 달라붙는다. 개형충에는 섬모충이 달라붙어 있다. 녀석은 단세포 원생동물로, 브로멜리아드의 세균 죽을 먹고 산다. 더 작은 척도에서는 세균과 균류가 섬모충에 올라타 있다. 이 모든 생물은 날벌레 애벌레와 더불어 브로멜리아드 웅덩이에 똥을 누어 질소를 비롯한 여러 영양소 화학물질을 식물에게 공급한다. 브로멜리아드는 자체 분뇨 농장을 지어 운영하는 셈이다. 가위개미의 상부상조와 마찬가지로, 브로멜리아드, 동물, 세균의 그물망을 이루는 대부분의 가닥은 떼어낼 수 없다. 숲은 (단지 그물망을 통해 결합되었을 뿐인) 개체들의 집합이 아니다. 숲은 오로지 관계의 가닥으로만 이루어진 장소다.

인간의 문화는 이 본질을 철학으로 표현한다. 와오라니족, 슈아르족, 케추아족을 비롯하여 아마존 숲의 그물망에서 수백 년, 수천 년을 살아온 사람들에게는 숲은 생물학적, 물리적 '타자'의 조합이 아니다. 아마존 부족들은 문화가 언어적, 역사적으로 다르고 믿음 체계도 여느 대륙과 마찬가지로 다양하지만,

하나만은 일치하는 듯하다. 그것은 서구과학에서 '대상으로 구성된 숲 생태계'라 부르는 것을 정령, 꿈, (잠에서 깨었다는 의미에서의) 현실이 이루어지는 장소로 여긴다는 것이다. (인간 거주민을 포함한) 숲은 이렇게 하나가 된다. 하지만 이것은 따로 떨어진 부분들의 연합이 아니다. 우리는 애초부터 영적 관계 안에서 존재한다. 정령은 머나먼 천국이나 지옥에서 온 저 세상 귀신이 아니라 땅에 뿌리박고 흙과 상상력을 연결하는 숲의 본성 자체이다. 아마존 영성의 바탕은 여러 세대에 걸친 실용주의적 경험주의다.】

윗글에서 가져오려고 했던 것은 생태계라는 말 자체가 이미 분리 사고라는 것이고, 그것이 작동되어 현재의 지구를 만들어내고 있다는 것인데, 이를 내가 현장에서 풀기가 난해했다는 것이다. 그래도 사고의 흐름에 해설 콘텐츠를 넣었다는 게 큰 소득이었을 것이다. 언젠가 무르익어 녹여낼 수 있지 않을까 하는 기대감 때문이다.

동덕여대공연예술센터 앞에 있는 종로구 아름다운 나무인 느티나무로 가기 전 내리막길 골목에 있는 가정집 음나무를 본다. 전봇대만 한 크기여서 눈에 띄는 나무이기도 하고, 워낙 해설할 나무가 많지 않아 그 앞에 선다. 그러고는 나무 가시에 대해 말한다.

윤주복의 《나무 해설 도감》에 나오는 글이다.

【가시 : 단단하고 뾰족한 보통 가지나 잎자루, 턱잎, 껍질 등의

일부분이 변해서 만들어진다. 이렇게 만들어진 가시는 동물로부터 나무를 보호하는 역할을 한다. 가시는 무엇이 변해서 만들어졌느냐에 따라 엽침, 경침, 피침으로 나누기도 한다. 아까시나무처럼 턱잎이 변한 가시는 엽침(葉針)이라고 하고, 찔레꽃처럼 나무껍질의 일부가 변한 가시는 피침(皮針), 석류나무처럼 짧은 가지가 가시로 변한 것은 경침(莖針)이라고 한다.〕

재미삼아 퀴즈를 낸다.

"그럼 음나무 가시는 엽침, 피침, 경침 가운데 어디에 해당하나요?"

해설을 들었기에 대부분 '피침'이라고 말한다.

전구가 장식되어 있는 동덕여대공연예술센터 느티나무 앞에서는 나무의 겨울나기와 전구 장식에 대해 의견을 나눈다. 괜찮다는 쪽도 있고, 그렇지 않다는 쪽도 있다. 그러면 나는 산림과학연구소 연구 결과를 전해 준다. 괜찮다는 것이다. 그래도 사람 마음이 그렇지 않다. 공연히 화가 난다.

대학로에서 꼭 봐야 할 건물인 흥사단과 옛 샘터 사옥을 함께 본 뒤 마로니에공원에서 일본 칠엽수와 유럽 칠엽수 이야기를 한다. 일본 칠엽수를 오랫동안 마로니에로 오해해 진짜 마로니에인 유럽 칠엽수를 그 옆에 심었다는 것인데, 내게는 그다지 흥미롭지 않다. 그래도 해설인 만큼 열매도 비교해 보며 짚어 보고는 그 옆 윤선도 시비 앞으로 이동해 마무리한다.

"윤선도는 물, 돌, 소나무, 대나무, 달을 벗 삼아 고독한 생활을 이겨냈습니다. 선생님들은 다가오는 추운 겨울 누굴 벗 삼아 무얼 공부하며 따듯하게 나실 겁니까?"

여러 이야기가 나오면 내게도 물어 달라고 한다. 그러면 이렇게 대답한다.

"나를 벗 삼아 겨울눈을 공부하며 지내려고 합니다. 겨울눈이 궁금하면 오후 프로그램에도 참가해 주세요."

홍보 멘트에 웃음이 흘러나온다. 또 시간 되는 분이 있으면 함께 식사를 하고 오후에만 오는 분들과 함께 서울대병원 정문을 출발한다.

10월 오후 코스 해설 포인트
주제 없이 '소요(逍遙)'

서울대
병원
물들메나무
일본목련

▶▶ 출발

학림다방

소나무
명품거리

성균관대
대성전

측백나무
은행나무

성균관대
후문

옥류정

참나무류

히말라야시다

향나무 중앙고 소나무

은행나무

중앙고
정문

 종로 아름다운 나무

옛 경성의대 건물 앞에서 물들메나무와 일본목련의 겨울눈을 집중적으로 보고는 겨울눈에 대해 함께 공부한다. 이어 학림다방을 확인한 뒤 소나무 명품 거리에서 소나무가 가로수로 적당한지 의견을 나누고는 반촌 역사를 훑은 뒤 성균관대 대성전으로 향한다. 그곳에서 은행나무와 은행나무 유주(乳柱)에 대해 함께 공부하고는 삼강오륜 의미를 지니고 있다는 측백나무도 둘러본다.

성균관대 후문으로 나와 마을버스 정류장 뒤 옥류정을 지나 중앙고로 향한다. 작지만 깊은 숲속 같은 그곳에서 참나무 종류를 동정하고는 창덕궁 후원에 높이 자란 나무들에 뜨거운 시선을 보낸다.

중앙고에 들어서면 좀처럼 보기 드문 창덕궁 신선원전의 고즈

넉한 풍경에 잠시 넋을 빼앗긴다. 그러고는 채만식 문학비와 서정주 시비를 둘러보고는 한때 남부 지방 가로수로 인기 있었던 히말라야시다를 본다. 이어 종로구 아름다운 나무인 향나무와 소나무 앞에서 숨을 고른다. 마지막으로 3.1운동 관련 시설물에 대한 이야기를 나누고는 보호수인 중앙고 정문 은행나무를 보며 대단원의 막을 내린다.

10월 오후 프로그램을 이처럼 일정만 소개한 것은 이곳을 소요하듯이 걸었기 때문이다. 중간 중간 여러 나무를 보면서 함께 이야기를 나누었지만, 이른바 보기 드문 나무는 없어 여기에 소개하지 않았다. 역사 이야기도 하기는 했지만, 기존 이야기를 뒤엎을 만큼 기막힌 것은 없다. 그저 중앙고 내 나무들을 보기 위한 여정이었다. 그것만으로도 참가자들은 흡족해 했고, 그걸 느끼며 나도 만족해했다. 해설은 서로 함께 이야기 나누며 즐거우면 되는 것이기에 말이다.

제6강 '해설은 참가자들이 만든다'를 포함해 지금까지 해온 이야기를 모두 정리해 보자.

《생태주의》에 나오는 글을 보자.

【근본 생태주의자들은 '이기적인 개인(self)'과 '포괄적인 혹은 확장된 자기(self)'를 서로 다른 것으로 구분하고, '자기실현(Self-realisation)'을 근본 생태주의의 핵심적인 규범체계로 정

의한다. 이기적인 개인들은 타자를 자신과 분리해 생각하지만, 포괄적인 자기는 타자를 자신과 동일하게 취급하면서 타자를 자신 속에 포함시킨다. 자기실현의 규범은 생물 평등주의와 연계해 이해되어야 한다. 즉, 인간을 자연과 따로 떼어놓고 생각하는 것이 아니라 확장된 자아로서 생명권 전체를 이해하고 이 속에서 개별 생명체들이 자신의 내재적 가치를 실현하는 것이 규범적으로 옳다고 보는 것이다. 이러한 발상은 서구 사상을 지배했던 이분법적인 '지배의 관점'(인간의 자연 지배, 남성의 여성 지배, 부자의 빈자 지배, 서양의 비서양 지배 등)을 해체하는 것이다.】

이 글을 인용한 것은 '확장된 자아'라는 개념 때문이다. 이 말을 이런 식으로 풀어 본다. 내 삶이 더 풍부해지고 강인해지려면 나를 더 많은 사물과 언어로 연결시켜야 한다. 이를 위해서는 끊임없이 의문을 가지고 질문을 만들어 공부를 해야 한다. 이 과정에서 해설이나 강의를 하게 되면 더 많이 확장된 자아를 만들어낼 수 있다. 해설을 들으러 오는 참가자들 또한 확장해 가는 자아에 대한 갈구가 참여 동기라고 보면 된다. 이렇게 되면 해설은 서로의 자아를 확장하는 시간이자 공간이 된다. 해설가는 이미 답사를 했기에 공간 이해가 높은 것이고, 참가자는 그를 통해 공간 이해를 높여 가는 것이다.

이제 결론에 다다른다. 해설가는 시공간에 대한 인식을 넓히면서 그 안의 자연사 및 역사에 의도된 의미를 부여할 줄 알아야 하고, 이를 위해 공부를 통해 내용을 체화해야 하며, 그 과정에서 전에 하지 못했던 생각들을 만들고 펼쳐야 하고, 그것을 쏟아내는 해설 시간이 자신만의 시간이 아니라 참가자와 함께 새로운 집단 지성을 창조하는 순간이라 여겨야 한다는 것이다. 그리고 전체 코스를 아우르는 스토리, 세부 포인트를 각인시키는 스토리를 각각에 맞춰 기승전결 혹은 시작-중간-마무리라는 흐름을 반드시 갖춰야 한다.

아주 간단히 정리하면 이렇다.

"해설은 삶이다."

그중에서도 숲해설은 가장 위대한 생명력을 보여주는 나무를 중심으로 이루어지는 것이기에 더 큰 매력이 있다.

이 책이 어떤 해설을 하든 현장에서 많은 도움이 되기를 바란다.

《수목의학》에 나오는 글을 옮겨 봅니다.

〔지구상의 모든 생물은 세포로 구성되어 있고, 모든 세포는 공통적인 생리현상이 있기 때문에, 인체의학과 동물학의 기본 원리가 식물학과 수목의학에도 일부 적용된다. 특히 호흡(呼吸, respiration)은 모든 생물에서 유사한 공통점을 가지고 있는데, 살아 있는 세포에서만 이루어지는 독특한 생명현상으로서, 산소를 소모하면서 포도당을 분해하여 에너지를 생산하는 과정이다. 박테리아와 곰팡이를 포함한 미생물, 하등 및 고등동물, 고등식물 등 지구상의 모든 생물은 똑같은 방법을 이용해 에너지를 생산하고 저장한다. 따라서 호흡에 영향을 주는 환경이나 물질은 동물과 식물에서 비슷한 반응을 불러일으킴으로써 같은 생리적 원리로 그 피해를 해석할 수 있다. 예를 들면 대기 오염의 영향은 미생물, 동물, 식물에서 비슷한 결과를 가져오고, 이에 맞추어 비슷한 진단과 처방이 가능해진다. 즉 인체의

학 기술이 수목의학 기술에 곧바로 응용된다는 뜻이다. 결국 수목의학은 인체의학과 뗄 수 없는 관계를 맺고 있음을 알 수 있다.】

호흡에 대한 정의가 새롭게 다가옵니다. 동물과 식물의 호흡이 같다는 느낌이 옵니다. 그렇다면 나무에 뿜어대었던 제 호흡은 어땠을까요? 잠시도 쉬지 않고 호흡하며 말하는 제 해설을 들은 참가자들은 제 호흡에서 어떤 호흡을 느꼈을까요? 혹 그들이 내뿜는 호흡을 제가 외면하지는 않았을까요?

제 삶에서 새로운 발견을 하게 해준 시간을 정리하면서 감사할 분들이 넘칩니다. '종로의 아름다운 나무를 찾아서' 프로그램에 오셔서 점심 사주시고, 사진 찍어 주시고, 새로운 내용 알려주시고, 먹거리를 선물로 주시고, 리액션 열심히 해주시고, 또 열심히 참가해 주신 모든 분에게 진심으로 감사드립니다. 이 프로그램을 기획하고 더 많은 지역에서 도심 속 나무 해설 프로그램이 진행될 수 있도록 연구하고 있는 산림문화콘텐츠연구소 분들에게도 감사드립니다. 집에서 물심양면 응원해 준 가족들에게도, 참여는 못했지만 입소문 내주고 격려해 준 모든 분에게도 감사드립니다. 마지막으로 해설에 큰 도움이 된 저자 분들에게도 감사드립니다.

이제 또 숲해설을 하러 나서야겠지요. 이번에는 어떤 호흡이 나올지 궁금하기도 하네요. 지구 온도를 낮추는 차갑고도 뜨거운 호흡이면 좋겠습니다. 오직 푸른 나무와 함께!

《걷기의 인문학》, 리베카 솔닛 저, 김정아 역, 반비, 2017년.

《공통감각론》, 나카무라 저, 고동호, 양일모 역, 민음사, 2003년.

《괴테 시와 진실》, 요한 볼프강 폰 괴테 저, 박환덕 역, 종합출판범우, 2006년.

《궁궐의 우리 나무》, 박상진 저, 눌와, 2014년.

《권력 의지》, 프리드리히 니체 저, 김세영, 정명진 역, 부글북스, 2018년.

《글쓰기 치료》, 제임스 W. 페니베이커 저, 이봉희 역, 학지사, 2007년.

《글쓰기의 전략》, 정희모, 이재성 저, 들녘, 2005년.

《나무 해설 도감》, 윤주복 저, 진선북스(진선출판사), 2008년.

《나무는 나무라지 않는다》, 유영만 저, 나무생각, 2017년.

《나무시대》, 요아힘 라트카우 저, 서정일 역, 자연과생태, 2013년.

《나무열전》, 강판권 저, 글항아리, 2007년.

《나무와 숲》, 남효창 저, 한길사, 2013년.

《나무의 노래》, 데이비드 조지 해스컬 저, 노승영 역, 에이도스, 2018년.

《나무처럼 생각하기》, 자크 타상 저, 구영옥 역, 더숲, 2019년.

《눈과 마음》, 모리스 메를로 퐁티 저, 김정아 역, 마음산책, 2008년.

《대화의 신》, 래리 킹 저, 강서일 역, 위즈덤하우스, 2015년.

《두뇌보완계획 100》, 김명석 저, 스토리닷, 2016년.

《떨림과 울림》, 김상욱 저, 동아시아, 2018년.

《랩 걸》, 호프 자런 저, 김희정 역, 알마, 2017년.
《매혹하는 식물의 뇌》, 스테파노 만쿠소, 알레산드라 비올라 저, 양병찬 역, 행성
      B(행성비), 2016년.
《모래 군의 열두 달》, 알도 레오폴드 저, 송명규 역, 따님, 2000년.
《몸의 세계, 세계의 몸》, 조광제 저, 이학사, 2004년.
《미생물이 플라톤을 만났을 때》, 김동규, 김응빈 저, 문학동네, 2019년.
《백범일지》, 김구, 도진순 저, 돌베개, 2002년.
《빅 히스토리》, 데이비드 크리스천, 밥 베인 저, 조지형 역, 해나무, 2013년.
《생명은 어떻게 작동하는가》, 박문호 저, 김영사, 2019년.
《생태주의》, 이상헌 저, 책세상, 2011년.
《서울 화양연화》, 김민철 저, 목수책방, 2019년.
《수목의학》, 이경준 저, 서울대학교출판문화원, 2018년.
《숲 자연 문화유산 해설》, 프리드만 틸든 저, 조계중 역, 수문출판사, 2007년.
《숲에서 우주를 보다》, 데이비드 조지 해스컬 저, 노승영 역, 에이도스, 2014년.
《숲해설 아카데미》, '생명의 숲' 숲해설 교재편찬팀 저, 2005년.
《숲해설가 전문과정》, 산림문화콘텐츠연구소 엮음, 2018년.
《슬픔을 공부하는 슬픔》, 신형철 저, 한겨레출판, 2018년.
《식물계통학》, Michael G. Simpson 저, 신현철, 김영동 역, 월드사이언스,
      2011년.
《신곡》, 단테 알리기에리 저, 박상진 역, 민음사, 2013년.
《싯다르타》, 헤르만 헤세 저, 박병덕 역, 민음사, 2002년.
《언어와 인지》, 임혜원 저, 한국문화사, 2013년.
《역사 이야기 스토리텔링》, 윤유석 저, 북코리아, 2014년.
《예술 수업》, 오종우 저, 어크로스, 2015년.
《우리 나무 이름 사전》, 박상진 저, 눌와, 2019년.
《자연의 패턴》, 필립 볼 저, 조민웅 역, 사이언스북스, 2019년.
《종의 기원》, 찰스 로버트 다윈 저, 송철용 역, 동서문화사, 2016년.

《파란하늘 빨간지구》, 조천호 저, 동아시아, 2019년.

《파리식물원에서 데지마박물관까지》, 이종찬 저, 해나무, 2009년.

《프로작가의 탐나는 글쓰기》, 박경덕 저, 더퀘스트, 2016년.

《한 권으로 읽는 심리학의 원리》, 윌리엄 제임스 저, 정명진 역, 부글북스, 2018
　　　년.

《한국의 나무》, 김태영, 김진석 저, 돌베개, 2018년.

《한반도 식생사》, 공우석 저, 아카넷, 2003년.